講談社文庫

祟《たた》り神

怪談飯屋古狸

輪渡颯介

講談社

目次

『祟《たた》り神　怪談飯屋古狸』——おもな登場人物

虎太《とらた》　一膳飯屋《いちぜんめしや》、菓子屋、蕎麦屋《そばや》と三軒が並ぶ「古狸《ふるだぬき》」に吸い寄せられた貧乏な若者。怖い話が苦手で、惚《ほ》れっぽく、酒ぐせが悪いらしい。古狸では鴫焼《しぎやき》が好物。

お悌《てい》　怪談好きな古狸の看板娘。小柄で愛嬌《あいきょう》がある。虎太に一目惚れされる。

義一郎《ぎいちろう》　古狸の長男で一膳飯屋の店主。大柄で髭面《ひげづら》。虎太に言わせると「熊」。猫好き。

礼二郎《れいじろう》　次男で蕎麦屋の店主。ひょろりとした痩《や》せ男。虎太に言わせると「狐《きつね》」。

智三郎《ちさぶろう》　末っ子で昼間は別の菓子屋で修業中。無愛想。虎太に言わせると「鼠《ねずみ》」。

お孝《こう》　古狸の四人きょうだいの母親。

治平《じへい》　古狸の常連。荒物屋の隠居。古狸一家に詳《くわ》しい。虎太に言わせると「亀爺《かめじい》」。

千村新兵衛《ちむらしんべえ》　着流し姿の二本差し。団子《だんご》好き。定町廻《じょうまちまわ》り同心なのは虎太しか知らない。

権左《ごんざ》　千村の手下の岡《おか》っ引《ぴ》き。虎太に言わせると「蛇男《へびおとこ》」。

友助《ともすけ》　屋根屋。餓鬼《がき》の頃から面倒見がよく、年下の虎太のことを心配する。

お弓《ゆみ》　神田紺屋町《かんだこんやちょう》の建具屋の娘で、寝込んでいる。祝言《しゅうげん》前の許嫁《いいなずけ》、徳之助《とくのすけ》がいる。

庄作《しょうさく》　雑司ヶ谷《ぞうしがや》村のお社《やしろ》の御神木《ごしんぼく》を伐《き》り倒し、売り払ってしまう。

蝦蟇蛙《がまがえる》の吉《きち》　手荒な手口で怖れられてきた盗賊一味の頭目。深川《ふかがわ》の紙問屋を襲った。

祟《たた》り神《がみ》

怪談飯屋古狸《かいだんめしやふるだぬき》

夜ごとの霊

一

浅草福井町《あさくさふくいちよう》にある一膳飯屋《いちぜんめしや》「古狸《ふるだぬき》」には、少し変わった取り決めがある。

この店は、焼き魚や田楽《でんがく》などのおかずに味噌汁《みそしる》と漬物がついた一人前の飯なら二十四文で食べられる。また一品だけでいいというなら八文で注文できる。もちろん酒も置いてあり、夜は近所の飲兵衛《のんべえ》たちが集まる飲み屋になる。つまり、ごく当たり前のどこにでもあるような飯屋である。

しかし、ここで「あること」をすれば一食分が無代《ただ》になるのだ。貧乏人にはこの上なく優しい決まりである。特に、やたらと腹は減るが銭はない、という若者にとって、これほどありがたいことはあるまい。

が、なぜかこの「あること」をしよう、という若者がなかなか見つからないのである。別に取って食おうというわけではないのに、何とも不思議な話だ。

「……というわけで虎太《とらた》、今度もまたお前に行ってもらうことになるが」

満面に笑みを浮かべながら好物の鴫焼《しぎやき》を口に運ぼうとしていた虎太は、近所の荒物屋の隠居でこの古狸の常連客である治平《じへい》の言葉を聞いて動きを止めた。大きな口を開いたままで顔を治平の方へ向ける。

「……お、俺がですかい？」

「お前しかいないからな。他はみんな逃げてしまった」

無代で飯を食えるようになる「あること」は二つある。一つは「怖い話」や「不思議な話」を探してくることだ。幽霊が出たとか、誰かが狐《きつね》や狸に化かされたとか、神隠しに遭って人が消えてしまったとか、その類《たぐい》の話である。

これができれば古狸の飯を一食、無代で食える。ただし、「その出来事が起こった場所がはっきりしている」か、もしくは「その出来事に遭った人が分かる」ことが必要となる。適当に嘘《うそ》の話をでっち上げるのは駄目なのだ。

そして二つ目は、「話に出た場所を実際に訪れる」ことである。起こった場所や遭った人が分からなければならないのはそのためだ。それに、ただ行くだけではなく、

二、三日ほど泊まり込むのがよい。これができれば、その泊まった日数分だけ古狸の飯が無代になる。
この決まりができてから七ヵ月ほどが経《た》っているが、その間に数名の若者が、幽霊が出るという場所へ赴いている。しかしその後、それらの若者は古狸に来なくなってしまった。本物の幽霊に出遭ったというわけではないのだが、たかが飯一食分でそういう怖い場所に泊まり込むのがわりに合わないと感じたようだった。

その手の場所へ何度も足を運び、怖い思いをしても懲《こ》りずに古狸に通い続けているのは、今やこの虎太だけなのである。

「……俺、取って食われそうになったことがあるんだけど」

「気のせいじゃろ」

「いやいや、危うく死にかけましたぜ。治平さんも知ってるくせに」

逃げていった他の者と違い、虎太は本物の幽霊に出遭っている。しかも初《しょ》っ端《ぱな》からとびっきりのやつに当たった。下手をしたら一目見ただけで命を落とすかもしれないという、死神の異名を持つ女の幽霊だ。話を仕入れてきたのは治平で、虎太がそいつの出る家へと行かされたのである。その結果、もう少しであの世へ旅立っていたかもしれないという憂き目に遭ったのだ。

「そうじゃったかな。まあ、こうして平気な顔で飯を食っているんだ。いつまでも過ぎたことをくどくどと言うもんじゃない。今お前さんが食べている飯、それが無代になるというのだから、喜んで行くべきだろう。怖い話を仕入れてきた儂《わし》も無代になるわけだが、これまでのようにその分もお前に譲ってやるよ。これを逃す手はないと思うぞ。特にお前のような貧乏な若者は」

「治平さん、甘いよ。俺はもう、そんなことをしなくても食えるようになったんですぜ」

虎太は余裕の笑みを見せながら首を横に振った。

初めて古狸に来た時の虎太は碌《ろく》な仕事も見つからずにぶらぶらとしていた。その少し前までは檜物師《ひものし》になるために住み込みで修業をしていたのだが、品物を納めている取引先の店の若旦那と揉《も》め事《ごと》を起こし、修業先から追い出されてしまったのだ。

しかし今の虎太は違う。間に立ってくれる人がいて、元の修業先に戻ることができたのである。しかもその人の口利きで、少し早いが年季も明けたことになっていた。御礼《おれい》奉公のためにまだしばらくはそこで働かなければならないが、通いが許されているし、決して多くはないが給金も貰《もら》っている。

「さすがに毎晩飲み歩くのは無理だが、それでもこうして好きな物を食うくらいの銭はある。八文ですから」

虎太は改めて鴫焼を口に運んだ。美味《うま》かった。

鴫焼というのは茄子《なす》の田楽のことである。この田楽という食い物は、元々は豆腐に味噌をつけて焼いたものを指したが、それがこんにゃくや野菜、魚などにも広がっていった。当然この古狸にも豆腐の田楽があるし、虎太もそれを口にすることがある。しかしそれも時々、というくらいのもので、注文するのはもっぱら鴫焼ばかりなのである。

なぜなら虎太は茄子が好物だからだ。別に鴫焼でなくても構わない。揚げ物でもいいし、焼いて醤油《しょうゆ》を垂らすだけでもいい。とにかく茄子なら、周りの者が気味悪く思うほどにやにやしながら食べてしまう男なのだ。

「贅沢《ぜいたく》は言わない。茄子が出回っている時季なら、それが食えるだけの銭があれば満足なんだ。だから、わざわざ怖い目に遭わなくてもいいんですよ。俺はもう、その手の場所に行くつもりはありません」

「それならどうして古狸に通っているんだね。茄子などどこでも食えるだろう」

虎太が暮らしているのは久松町《ひさまつちょう》にある狭くて古くて汚い裏長屋だ。そこから深川伊勢崎町《ふかがわいせざきちょう》にある修業先へ通っている。毎日必ず、仕事を終えた後でこの古狸のある浅草福井町へ寄ってから帰っているのだが、これはかなり遠回りである。

「それも治平さんは知ってるくせに」

虎太はいくらか声を潜めて店の中を見回した。虎太と治平の他に、酒を飲んでいる二人組の客と、その相手をして喋《しゃべ》っている熊のような風体の男の姿がある。この熊が古狸の店主の義一郎《ぎいちろう》だ。一見すると四十近くの親父《おやじ》だが、実はまだ二十三の若者である。

古狸というのは、虎太がいるこの一膳飯屋だけの屋号ではない。棟続きで隣に菓子屋、さらにその隣に蕎麦屋《そばや》と三つの店が並んでいるのだが、そのどれもが古狸だ。一家で三つの店を営んでいるのである。

蕎麦屋の方は義一郎の弟で二十二になる礼二郎《れいじろう》が店主をしている。がっしりした体つきの義一郎と違って礼二郎はひょろりとしており、顔つきもどこか狐を思わせる男だ。

そして真ん中の菓子屋は、いずれ三男の智三郎《ちさぶろう》が店主を務めることになっているらしいが、まだ十七で修業中の身なので、今は兄弟たちの母親のお孝《こう》が店番をしている。ちなみに智三郎は鼠《ねずみ》に似ていると虎太は思っている。

一家には義一郎、礼二郎、智三郎の他にもう一人、唯一の女の子であるお悌《てい》という十八の娘がいる。このお悌は古狸の看板娘で、一つの店に留《とど》まらずに三つの店を行き来している。

そのお悌の姿は、今は一膳飯屋の中には見えなかった。夜はただの飲み屋と化して遅くまで開いているこちらの店と違い、菓子屋は日暮れ前には店を閉めてしまうし、蕎麦屋の方も五つ頃で終わりだ。どうやらお悌は蕎麦屋の店仕舞いの手伝いに行っているらしい。

虎太はほっとしながら治平へと目を戻した。

「……お悌ちゃん目当てに通っているに決まっているじゃないですか」

有り体に言えば、虎太はお悌に惚《ほ》れているのだ。だから怖い目に遭っても懲りずに、そして遠回りであっても屁《へ》とも思わず古狸に通っている。

このことは治平も知っている。それどころか義一郎や礼二郎、智三郎にお孝といった古狸一家の者、それに治平以外の店の常連たちも分かっている。虎太という男は、傍目《はため》にもとても分かりやすいのだ。

しかしなぜかただ一人、当のお悌だけがそのことに気づいていない。鈍いのである。

「ううむ、それならなおさら、お悌ちゃんにいいところを見せるためにだね……」

「幽霊が相手じゃ無理だ。それはとうに諦《あきら》めてます」

虎太は、例えば弱い者いじめをしているような輩《やから》を見ると、相手がどんなに体が大きくても、あるいは刃物を持っていたとしても、必ず突っかかっていく。義に篤《あつ》い人間なのである。喧嘩《けんか》っ早《ぱや》くて向こう見ずなだけとも言えるが、ともかく人に対しては強い。

しかし、それはあくまでも生きている人が相手の時であって、幽霊となると話は別だ。幼い頃からその手の話は苦手だった。今もそれは変わらない。

それでもお悌にいいところを見せようと、初めのうちは平気なふりをして幽霊の出る場所へ赴いていた。しかし隠しきれなかったようで、いつの間にか怖がりであることがお悌にばれていた。だからもう、無理に見栄《みえ》を張ることはないのである。

「ちょっと格好が悪い気もしますが、これぱかりは仕方がない。それに、いいところを見せるとか言う前に、男はまず一人前に稼げなきゃ駄目だ。幽霊とかその類のことに強くても、まともに暮らせないような貧乏人じゃ話にならない。俺は今、御礼奉公の途中でしょう。これを済ませなきゃ一人前にはなれないんですよ。ここへ顔を出し始めた頃のように、幽霊が出る場所に何日も泊まり込むような余裕はないんだ」

「それは確かにその通りじゃが……」

「とにかく俺は御礼奉公をしっかり勤め上げて、一年後に独り立ちする。その後も懸命に仕事をして得意先を広げ、いよいよ十分に稼げるようになったら……」

お悌ちゃんと夫婦に……ぬふふふ。

思わず奇妙な笑い声を漏らしてしまった。よほど薄気味悪かったと見えて、酔客の二人組と義一郎の会話が止まった。眉《まゆ》をひそめてこちらを見ている。治平も顔をしかめ、虎太から離れるように体を引いた。

「う、うむ。お、お前の話は分からなくもないよ。しかし虎太しかいないんじゃや。何とか考え直してもらえんかな」

「いやあ、難しいでしょう。それにほら、俺は今、猫を飼ってもいるから」

この古狸の近所の家で生まれ、お悌によって虎太が飼うように仕向けられた猫だ。名を忠《ちゅう》という。猫なのにチュウはどうかと思わなくもないが、名付け親がお悌なので素直に受け入れている。

忠はまだ生まれて三、四ヵ月くらいの子猫なので、虎太が修業先に出ている昼間の間は同じ長屋に住む櫛《くし》職人や指物師《さしものし》といった居職《いじょく》の者の部屋に預けている。このあたりはお悌の根回しによるものだ。

もちろんお悌自身も、そして熊のような風貌のくせに猫好きな義一郎も忠の様子を見に虎太の部屋によく来る。そのお蔭《かげ》で今のところはすくすくと育っている。

「朝とか忠の鳴き声で起こされるんですけどね。その声がだんだん大きくなっているんですよ。ご近所さんに迷惑じゃないかと、それが気がかりで……」

「たいていの猫は大人になるとあまり鳴かなくなるから心配いらないだろう」

「そうだといいんですがね。まあ、とにかく今は忠がいるので、幽霊の出る場所に泊まりに行くことはできません」

「その居職の人たちの誰かに預けられないものかな。何なら、お前が泊まりに出ている間は儂が忠の面倒を見てやってもいいぞ」

「しつこいですぜ。俺の心はもう動きません。治平さんも男なら、すっぱりと諦めてください」

「うう……せっかくおっかない幽霊話を仕入れてきたのに」

治平ががっかりしたように肩を落とした。虎太は少し気の毒に思ったが、ここは心を鬼にして、と治平から目を逸《そ》らす。すると、こちらへのっしのっしと近づいてくる熊、ではなくて義一郎の姿が目に入った。治平に加勢するために来たのかもしれない。虎太は身構えた。

「二人の話が耳に入ったんだが……」

義一郎は、虎太と治平がいる小上がりの上がり口にどっかりと腰を下ろし、丸太のように太い腕を組んだ。

「なあ治平さん。虎太には虎太の人生があるんだ。仕方がないだろう」

「それはそうじゃが、しかし……」

意外なことに、義一郎は虎太の側についているようだ。これは心強い援軍である。虎太は体の力を抜き、再び鴨焼を口に運んだ。やはり美味い。

「首に縄をつけてまで行かせることはできないんだ。当人が行く、と言わない限り、こちらはどうしようもない」

「うむ……」

治平はむすっとした表情になり、顔をぷいと横に向けた。不満そうだが、それでも諦めてくれたようだ。虎太は心の中でにんまりした。すると義一郎が、今度はそんな虎太の方に話しかけてきた。

「……ところで虎太、そもそもどうしてこの店では幽霊話や不思議な話などを聞き集めるようになったのか。そしてどうして実際にそんな場所を訪れているのか。そのわけは当然、知っているな」

「もちろんです」

今から七ヵ月ほど前に突如として行方《ゆくえ》知れずになった義一郎たちの父親、亀八《かめはち》を捜すためである。

この亀八という男は、幽霊が出ると噂《うわさ》される家や、神隠しがあったような長屋などをよく訪れていたそうだ。その手の話が好きだったらしい。小塚原《こつかっぱら》や鈴ヶ森《すずがもり》といった仕置場にも足を運んでいたというから相当のものだ。

だから、もしかしたらそういう場所へ行けば亀八が見つかるかもしれない、そうでなくとも何らかの手掛かりがつかめるのではないか、と考えて古狸では怖い話を聞き集めているのである。その出来事が起こった場所や、出遭った人がはっきりしていないと駄目というのはそういうわけだ。

もちろん義一郎や礼二郎、お悌なども手が空いた時には心当たりの場所を捜している。しかしこの古狸の仕事があるので、そればかりをしているわけにはいかない。そこで、暇そうな若者を見つけてその手の場所へ行ってもらおう、となったのが始まりである。

「うちの親父を捜すために、これまで虎太にはいくつか幽霊の出る場所へ泊まり込んでもらっている。ありがたいと思っているよ。お悌も同じ気持ちだろう」

「は、はあ……」

虎太の心が少し動いた。お悌はあまり顔には出さないが、内心では父親の亀八のことを心配しているはずだ。

「残念ながら今のところ親父の手掛かりは何一つつかめていないが、他の心当たりの場所はもう捜し尽くしたんでね。これを続けていくしかないと思っている。しかし、虎太が嫌だと言うのなら無理強いはしない。治平さんが仕入れてきた幽霊話の場所へは、俺か礼二郎が暇を見つけて訪れてみることにするよ。あるいはお悌か。あいつも行きたがるだろうしな」

「い、いや、それは……」

お悌は父親の亀八に似て、怖い話が大好きなのだ。幼い頃から亀八にくっついて幽霊が出るという場所へ赴いたり、仕置場を覗《のぞ》きに行ったりしていたという。だから虎太が行くことを拒めば、義一郎が言うように、お悌が「それならあたしが」と言い出すのも十分に考えられる。

今回、治平が仕入れてきた話に出てくる幽霊が、前に虎太が出遭ってしまったのと同じように命に関わるものだったら大変である。お悌を危ない目に遭わせるわけにはいかない。

「ええと、あの、義一郎さん……」

「そうそう、虎太。お前は多分、お悌のことをいずれ嫁に貰いたいと思っているだろう。お悌の兄としては、正直、今のところは頷《うなず》くことができない。ま、お前が一人前の檜物師になったら気が変わるかもしれないがね。だが、実は俺の気持ちなんてどうでもいいんだよ。なぜなら俺は一家の長ではないからだ。こうして捜していることからも分かるように、俺たちは親父がここへ帰ってくることを願っている。当然だが、死んでいるかもしれないなんて縁起の悪いことはこれっぽっちも考えちゃいないよ。だから人別《にんべつ》も抜いていない。つまり一家の長はまだ親父なんだ。もしお前がお悌を嫁にしたいなら、親父に認めてもらわねばならないんだよ。そのためには、まずは親父を捜すことから……」

「治平さんっ」

虎太は治平の膝《ひざ》に縋《すが》りついた。

「話してください、幽霊の話。それもとびっきり怖いやつ。その手の話が好きな亀八さんが行きそうな場所のやつを」

「なんだね、気味が悪いな。お前はさっき、その手の場所に行くつもりはないと言ったじゃないか」

「そんな意地悪なこと言わないでください。行きますよ。行けばいいんでしょう」

義一郎がにやりとしながら立ち上がった。そのまま店の奥へと消えていく。多分、一緒に話を聞くために礼二郎とお悌を呼びに行ったのだろう。

「行かせてください、お願いします。ねえ、治平さん。俺が行きますから」

「分かった、分かったから離れなさい」

「俺は幽霊に遭うんだぁ」

「いやお前が会うべきは亀八さんだから」

小上がりではまだ虎太と治平のやり取りが続いている。二人組の酔客が、その様子を呆《あき》れたような目で眺めていた。

二

「これは神田《かんだ》の紺屋町《こんやちょう》にある建具屋で起こっている話だ」

治平が一同の顔を見回しながら話し始めた。

聞いているのは虎太と義一郎、礼二郎、そしてお悌だ。二人の酔客は帰ったが、入れ替わりに三人組が店に入ってきている。ただその三人は常連というほどではないがたまに顔を見せる客なので古狸の事情を知っていた。だから義一郎やお悌の手を煩《わずら》わせまいと酒や食い物をまとめて注文し、治平の話の邪魔をしないよう離れた場所に座っている。

ありがたい心遣いだが、それならいっそこちらの話に加わって俺の代わりに幽霊の出る場所へ行ってくれればいいのに、と虎太は横目で三人組を睨《にら》んだ。その耳に、治平の話の続きが入ってくる。

「その建具屋は表通り沿いにあり、一階が仕事場、二階には住み込みの若い職人たちが寝起きしている。親方はすぐ裏に別の二階家を持っていてね。そこでかみさんと娘二人との、一家四人で暮らしているのだが……」

今年で十九になった上の娘のお弓《ゆみ》が体の具合を悪くして寝込んでいるという。熱があるとか、頭や腹が痛いとか、そういうはっきりとした病の兆しはないのだが、とにかく体がだるいらしい。どんなに休んでも疲れが抜けない感じなのだ。

元々、お弓は丈夫な子だった。さすがに幼い頃は熱を出すこともあったが、いつも二、三日で治った。長じてからは滅多《めった》に風邪もひかず、たまにひいてもごく軽いものばかりだった。それだけに両親も心配してあちこちの医者に診《み》せたり、滋養のつくものを食べさせたりしたが、まったくよくならない。

「……お弓には雪駄《せった》問屋の若旦那の徳之助《とくのすけ》という許嫁《いいなずけ》がいて、近々祝言をあげることになっていたのだが、そのために延びているという話なんじゃよ」

この徳之助がお弓の見舞いに行った際に、奇妙な話を耳にした。それを徳之助に話したのはお弓の妹で、今年で十四になるお光《みつ》だった。

お光によると、お弓が夜中に酷《ひど》くうなされるようになったという。お弓が体の不調を訴えるようになったのと時期が重なっていた。

それまで姉妹は同じ部屋に寝起きしていたが、お弓が寝込みがちになってからお光は隣の部屋に移っていた。お弓がうなされる声を気にして寝不足になり、お光まで具合を悪くしては大変だと親が考えたからだ。お弓の方もその方が落ち着いて体を休められるだろうという配慮もある。ただ何かあった時のために、それまでは父親と布団《ふとん》を並べていた母親がお光の横で寝るようになった。

「父親は外で酒を飲んで遅く帰ることもあるから、娘たちを起こさないよう一階で寝起きしている。お光と母親は二階の、梯子段《はしごだん》を上ったすぐの部屋に布団を延べており、お弓が寝ているのはその奥の部屋だ。あまりにも具合が悪いようだと厠《かわや》などへ行くのが大変だから一階で寝起きした方がいいのだろうが、お弓の場合はそこまでではないのでね。ずっと使っていた部屋の方が寝やすいだろうと考えて一階へは移らなかった。で、そんな風に一家が寝るようになってからひと月が経った、ついこの間のことなのじゃが……」

お光は夜中にふと目を覚ました。すぐに耳を欹《そばだ》てる。隣の部屋で寝ているお弓の様子を探るためだ。姉が体の具合を悪くしてからはそのようにする癖がついていた。

横で寝ている母親が軽くいびきをかいているのがうるさかったが、耳に入る音はそれだけだった。隣の部屋は静かだ。

お光はほっとして、寝直そうと目を閉じた。しかし、胸騒ぎのようなものを感じてすぐにまた目を開いた。誰かがじっとこちらを窺《うかが》っている、というような気がしたのだ。

お光は体を起こして辺りの気配を探った。行灯《あんどん》の明かりは消えているし、夏なので蚊帳《かや》を吊《つ》った中で寝ている。だから周りの様子はほとんど見えない。そのため確かなことは言えないが、物音がないので部屋の中に自分と母親以外の誰かがいる気配は感じられなかった。

そっと蚊帳をまくって、下から首だけ出す。蚊帳の外はまったくの暗闇というわけではなかった。障子窓が開け放ってあり、そこから月明かりが入ってくるからだ。そのかすかな光を頼りに辺りを見回す。誰もいない。

お光はほっとしながら蚊帳の外へ出た。お光はしばらく立ち止まって闇に目を慣らし、それから足音を立てないよう静かに蚊帳の周りを回った。やはり誰もいなかった。

目をお弓が寝ている部屋の方へ向ける。夏ではあるが、お弓は襖《ふすま》を開け放って寝るのを嫌い、夜はいつも閉めていた。だから隣の部屋の中の様子は分からないが、少なくとも物音は聞こえてこなかった。

どうやら姉は寝ているようだ。うなされてもいない。お光は安堵《あんど》しながら、お弓の部屋とは反対側の梯子段の方へと動いた。

一階の様子を探る。父親のいびきが耳に届いた。その他には何も聞こえない。何者かが忍び込んだ、というようなことはなさそうである。

家の中の様子はいつも通りだ。怪しいところはどこにもない。しかしなぜか、先ほど感じた胸騒ぎのようなものは続いていた。誰かがこちらを窺っているのではないか、という思いが拭えない。

この嫌な気配はどこから来ているのだろう、と考えながらお光は周りをきょろきょろ見回した。やがてその目が、西側の壁で止まる。

そちら側にも窓があるが、障子は閉まっていた。その向こうが父親が働く建具屋の店だからだ。二階に寝起きしている住み込みの職人たちの中に覗き見をするような不心得者などいないが、それでも若い娘が二人いるので、夏でも夜になるとその窓は閉じるようにしていたのである。嫌な気配はその西側の壁の向こうから来ているようだった。

お光は窓を開けて外を確かめてみるべきかどうか迷った。もしそれで職人の誰かがこちらを覗いていたら、それはそれでかなり嫌だが、今感じている気配はそういうものではない。もっと得体の知れない何かだ。

確かめるのは怖い。しかしそうしないと眠れそうにない。お光は悩み抜いた末、そろそろと窓の障子へと手を伸ばした。

だが、障子が開けられることはなかった。気配の主が向こうからやってきたためだった。

初めは、貼られている障子紙が歪《ゆが》んだように見えた。外側から力が加えられ、内側に膨らんだように見えたのだ。

しかもそれは顔の形をしていた。お光は、誰かが外から障子に顔を押し付けたのだと思い、小さく悲鳴を上げて慌てて手を引っ込めた。

しかしそうではなかった。障子に変化があったわけではなかった。人が障子をすり抜けて部屋の中に入ってきたのだ。

見たことのない女だった。それが、ぬうっ、と障子の向こうから現れ、部屋の中に立った。

お光は腰を抜かし、すとんとその場に尻餅《しりもち》をついた。荒い息を吐きながら、足を必死に動かして女から離れようとする。しかし女はそんなお光には目もくれず、ゆっくりと首を巡らし、お弓が寝ている部屋の方を見た。

暗い中なのに、お光には女の表情がはっきりと見て取れた。冷たい、刺すような目で襖を睨んでいる。

やがて女は動き出した。滑るように、という言い方がしっくりくる動きだった。手を軽く体の前で組み、立ったままの姿勢で隣の部屋に進んでいく。そしてお光が見守る中、その姿は襖の向こうへと消えた。

さほど間を置かずに、隣の部屋からお弓のうなされている声が聞こえてきた。あの女に何かされているんだ、とお光は思ったが、助けに行く勇気はなかった。這《は》うようにして蚊帳をくぐり、母親の体を揺さぶった。

「おっ母《か》さん、おっ母さん」

「ああ、何だね」

母親はすぐに目を覚ました。お光は無言で隣の部屋を指差す。起きたばかりの母親にお光の仕草が見えたとは思えなかったが、お弓が出している声は聞こえたようだった。母親は素早く立ち上がり、蚊帳をくぐり抜けて隣の部屋へと入っていった。

「どうしたんだい、お弓」

母親が姉に呼びかける声が耳に届く。その声音は落ち着いていた。もし怪しい女がいたら、そんな声は出さないだろう。お光はそう思い、蚊帳をめくり上げて姉の部屋を覗いた。

お弓が布団の上に体を起こしていた。その背中を母親がさすっている。見えるのはそれだけだった。お光は蚊帳から出て、襖から顔だけ出して隣の部屋の中を見回した。

あの女はどこにもいなかった。

「……ついこの間のこと、と儂は言ったが、細かく言うとこれは五日前に起こったことだ。その次の日に徳之助はお光からこの話を聞いたんじゃよ。それで気になったからだろう、徳之助は翌日もお弓の見舞いに行き、帰り際にお光を呼んで昨夜の話を聞いてみた。お光は酷く青い顔をしていたらしい。どうしたのかと問うと、またあの女が出たと言うのじゃ」

その時も、お光は嫌な気配を感じて夜中に目を覚ました。二度目だったので、あの女が近づいてきているのだ、とすぐに分かった。それで、その時は布団の中から出ないようにしていた。

しばらくすると、西側の障子窓の向こうからあの女が現れた。蚊帳越しだというのに、お光の目にはなぜかその姿がはっきりと見えた。息を殺して見守っていると、女は蚊帳の脇を滑るように動いて、隣の部屋との間を仕切っている襖をすり抜けていった。

やがて、お弓のうなされる声が聞こえてきた。お光は前の晩と同じように母親を揺さぶって起こそうとした。

「……ところがだ。どういうわけかその晩は、母親が目を覚まさなかったというんじゃやな。『ううん』と面倒臭《めんどうくさ》そうに唸《うな》るだけで。そうこうしているうちに隣の部屋から、お弓が酷く咳《せ》き込む声が聞こえてきた。あまりにも苦しそうだったので放っておくわけにもいかず、お光は勇気を振り絞って隣の部屋へ様子を見に行くことにしたのじゃ」

前の晩は、部屋を覗いた時には女の姿は消えていた。だから今度もそうであってほしい、と半ば祈るような気持ちでお光は襖を開け、隣の部屋を覗き込んだ。

女はまだそこにいた。布団に寝ているお弓の上にまたがり、覆《おお》い被《かぶ》さるようにして首をぐいぐいと絞めつけていた。

お光は「ひぃ」と短い悲鳴を上げた。すると女はお弓の首を絞めつける手の力を緩め、ゆっくり、ゆっくりと首を回してお光へと顔を向けた。

目が合うと、女はお光を睨みつけながら口を動かした。その声はなぜかお光のすぐ耳元で聞こえた。「言うんじゃないよ」という言葉だった。

足の力が抜け、お光はその場にすとんと座り込んだ。その様子をじっと見つめたまま女は少しずつ薄くなっていき、やがて消えてしまった。


「……だが、お光は女のことを徳之助に喋ってしまった。そうなると、もしかしたら女は自分にも何かしてくるかもしれない。お光はそう考え、両親にも洗いざらい話したんだ。さすがに幽霊云々《うんぬん》の話を頭から信じたわけではないが、お光があまりにも怖がるので、仕方なく母方の祖父の家にいったんお光を預けることになった。この三日ほどは、お光はそちらに寝泊まりしているわけじゃが、その祖父というのが儂の知り合いでね。たまに将棋を指す間柄なんじゃ。それで昨日、たまたま訪れたんだが、見慣れないお孫さんがいたものだから、どうしたんだねと訊《たず》ねたんだよ。するとこの話が聞けたというわけじゃ」

そこまで話した治平は虎太たちから、前に置かれた膳に目を移し、載っている猪口《ちょこ》へと手を伸ばした。ゆっくりと口へ運び、美味そうに酒を啜《すす》る。どうやらこれで、お弓にまつわる幽霊話は終わりということらしかった。

「……お光ちゃんが家を離れてから三日が経っていますが、その間のお弓さんの様子はどうなんでしょうか」

礼二郎が訊ねた。虎太もそうだが、義一郎とお悌もそのことが気になっていたようだ。

「うむ。四人とも少し身を乗り出すようにして治平を見た。

「うむ。それは儂も心配になってね。将棋を終えた後で、紺屋町に回ってみたんだよ。そこへ行くのは初めてだったが、お弓の祖父の知り合いということで、話を聞くことができた。お弓さんに変わりはないとのことだったよ。つまり、体の具合は相変わらずよくないが、そうかといってすぐに命がどうというほどでもない、ということじゃな」

「それならいいですけどね。でも……ううむ」

礼二郎が唸った。義一郎やお悌も難しい顔をしている。

「お弓さんの具合が悪くなったのは、ひと月ほど前からでしょう。いや、それはお光ちゃんが部屋を移った時だから、もう少し前からか。様子を聞くに、女の幽霊は毎晩のようにお弓さんの元に現れていたと思うんです。しかしお光ちゃんがその姿を見たのは五日前になってからだ。初めのうちはお光ちゃんもお弓さんと一緒の部屋に寝ていたし、その後に移ったのもすぐ隣の部屋だ。もしその女の幽霊のせいでお弓さんが体を壊したなら、もっと早くお光ちゃんが女を見ていてもおかしくないはずなんですよ。これはつまり、女の幽霊の力が強まっているということじゃないでしょうかね。初めはお光ちゃんが感じられない程度の弱い力だったが、それがとうとうはっきりと見えるくらいまでになってしまった。そう考えると、早めに手を打った方がよさそうだ」

「うむ。儂もそう思うよ。だから虎太を行かせようと必死だったんじゃや。他の者を見つけている暇などないからね」

治平が睨みつけてきたので虎太は首を竦《すく》めた。

「へえ、すみません。でも、もう行くと決めたんだからいいでしょう。ええと、紺屋町の建具屋さんですね。親方の名は……」

「辰次《たつじ》さんじゃや。明日の昼間、儂ももう一度そこへ行って、お前が泊まれるように話をつけておくよ。その際に、亀八さんが現れたら知らせてくれと儂からも伝えておくが、お前からも言っておくようにな。幽霊の出る場所へ行くのはそのためなんじゃから忘れずに。亀八さんのことも頭に入れつつ、その上でお弓さんの力になれるようにできる限り努めてくれ」

「へ、へえ。やるだけのことはやってみます。それじゃあ俺は、明日の晩はそちらに泊まるということで……」

「ちょっと待って」

お悌が口を挟んだ。少し怪訝《けげん》そうな顔をしている。

「泊まるって言うけど、まさかこれまでお光ちゃんがいた、お弓さんの隣の部屋で寝るっていうことなのかしら。ご両親が家にいるといっても、許嫁のいる十九の娘さんの隣の部屋に見ず知らずの男の人がいきなり泊まると言い出したら相手も困ると思うわ。辰次さんの許しが出るとはとても思えないんだけど」

「あ、そうか……」

虎太は治平の顔を見た。何か考えがあるのかと思ったが、特にはないようだ。どうしたものかと首を捻《ひね》っている。

「……それなら、あたしが泊まりに行くのはどうかしら」

お悌がとんでもないことを言い出した。だがお悌はこの手の話が大好きな娘だから、よくよく考えるとこんなことを言うのも不思議はなかった。

「ちょ、ちょっとお悌ちゃん。いくらなんでもそれはやめた方が……」

虎太は慌てて止めた。お弓の首を絞めつけるような女の幽霊だ。お悌にまで何かあったらまずい。何かうまい手はないか、と必死に考えを巡らす。

「……そ、そうだ。隣の家だ。建具屋の仕事場の方に泊まればいいんだ。二階に住み込みの職人がいるから、そいつらに交ざって裏のお弓さんの家を見張る。お光ちゃんの話では、女はそちらの方から現れたということだったから、それがいいかもしれない」

珍しくよい考えが浮かんだので虎太は満足げにうんうんと頷いた。しかしまだお悌は不満そうだった。

「女の幽霊がどこから出てくるのかは分からないけど、最後にはお弓さんの所へ行くんでしょう。それなら隣の部屋で見張っていた方がいいわ。やっぱりあたしが……」

「いや、お悌ちゃん。それはやめてくれ」

今度は治平が慌てて止めた。自分が仕入れてきた話でお悌の身に何かあっては大変だから、こちらも必死だ。

「ええと……そ、そうだ。虎太が建具屋に泊まっている間、猫の忠を預かったらどうだね。食い物屋だからここでは生き物を飼わずにいるわけだが、数日の間くらいなら構わないだろう。忠はまだ子猫だから、二階の部屋に置いておけば下まで来ることもないだろうし」

治平はそう言いながら義一郎と礼二郎の顔を見た。長兄の方は熊みたいな面のくせに猫好きなのですぐに頷いた。次兄の狐に似た顔の礼二郎はさほど猫好きというわけではないようだが、それでもお悌を引き留めるためなら、とやはり首を縦に振った。

「あら、忠ちゃんが来るのね。それなら残念だけど、お化けの方は虎太さんに譲ろうかしら。子猫はすぐに大きくなっちゃうから、今のうちに可愛《かわい》がらなくちゃ」

もちろん大人の猫も可愛いけどね、と付け加え、お悌はにこりと笑った。

これで建具屋には虎太だけで向かうことに決まった。胸を撫《な》で下《お》ろしつつ、明日はやけに忙しくなるな、と虎太は思った。深川の伊勢崎町にある修業先での仕事を終えたらすぐに日本橋《にほんばし》の久松町にある長屋へ帰り、忠を連れてこの浅草福井町の古狸まで来る。忠を置いたら今度はその足で神田の紺屋町へ向かう。かなり面倒臭い。

しかも最後は、建具屋の二階に陣取って得体の知れない女の幽霊が現れるのを見張らねばならない。碌でもない一日だな、と虎太は今からうんざりとした気分になった。

三

古狸に猫の忠を預けた虎太は、急いで紺屋町へと向かった。

すでに昼間のうちに治平が訪れ、虎太が泊まることについて親方の辰次に話をつけていた。そのため建具屋に着いた虎太は、辰次や職人たちに軽く挨拶《あいさつ》するだけで済んだ。二階の、今晩虎太が泊まることになっている部屋をざっと見た後で、いったん外に出る。治平が、お弓の許嫁である徳之助と会う算段までつけていたからだ。

待ち合わせたのは徳之助の家の近くにある飲み屋だった。京橋《きょうばし》の鈴木町《すずきちょう》にあり、紺屋町からは少し離れている。今日はやたらと歩かされるな、と嘆きつつ虎太はあちこちで人に道を訊ねて、ようやくその店を見つけた。こぢんまりとした小料理屋という感じの店だった。

縄暖簾《なわのれん》をくぐって中に入る。戸口から見て右側に小上がりがあった。広さは古狸とあまり変わらないし、建物の古さも似たようなものだ。しかし雰囲気が明らかに異なる。ここは落ち着いていていて、古狸は常にざわついていると言えばいいか。この違いは何から来ているのだろう、と首を傾《かし》げていると、奥の方で小上がりにいる男の客と喋っていた二十五、六くらいの女が顔を上げて虎太を見た。

「あら、いらっしゃい」

どうやら店の者らしい。古狸との違いはこの女の持つ雰囲気から生まれているんだろうな、と虎太は納得した。物腰が落ち着いており、それでいてどこか色気のようなものも感じられる。これを十八のお悌が出すのは少し早い。ましてや熊の義一郎には無理だ。むしろ出したら怖い。

「え、ええと……ここで徳之助さんという人と待ち合わせているんだけど。雪駄問屋の若旦那の」

虎太が言うと、小上がりにいた男が顔をこちらに向けた。

「ああ、虎太さんですか。私が徳之助でございます」

やはり二十五、六くらいに見える男だった。こちらも落ち着きのある、柔らかい雰囲気を纏《まと》っている。虎太は修業先に出入りしている取引先の「馬鹿旦那」が幼い女の子にけしからん悪戯《いたずら》をしようとしたので仙台堀《せんだいぼり》に突き落としてやったことがあるが、そいつと比べると雲泥の差だ。本物の「若旦那」を見た気がした。

ちなみにその馬鹿旦那は今でも修業先に顔を出しているが、虎太を見るとすぐに逃げる。面白いからたまに追いかけてやるが、日に日に逃げ足が速くなっているようだ。

「お酒をお持ちいたしますね」

虎太が小上がりに上がると女が口を開いた。なかなかいい声だ。

「それから、お肴《さかな》は……」

「茄子をお願いします」

間髪を容《い》れずに虎太は答えた。夏は茄子だ。これは譲れない。夏の虎太は茄子と米、時々豆腐で生きている。

「煮ようが焼こうが揚げようが好きにしてください。とにかく茄子を。なければ豆腐でも何でも構いませんが、あるなら茄子を。ぜひ」

「は、はあ……」

少し戸惑ったようだが、すぐににこりと笑みを見せて奥へと消えていった。その後ろ姿を見送りながら虎太は腰を下ろし、徳之助に顔を近づけて小声で囁《ささや》いた。

「なかなか色気のある女将《おかみ》さんですねぇ」

「え、あ、ああ、お久《ひさ》さんですか。女将さんっていうか、娘さんですけどね。ここは親父さんがやっている店で、お久さんはそれを手伝っているんですよ。ただ、親父さんは昔から体が弱いらしくて、ほとんどお久さんが切り盛りしているんです。だから、まあ女将と呼んでも間違いではないでしょうが」

「へえ……」

「母親も体が弱くて、お久さんはこの店を手伝いながらそちらの看病もしていた。本当に、他のことには何一つ手が回らないほど忙しそうでしたよ。残念ながらその母親は去年亡くなってしまいましたけどね」

「そうすると、まだ独り身なのかな」

「言い寄る男もいたでしょうけど、その相手をする暇すらありませんでしたからね」

「ふうん……」

虎太はお悌に惚れている。これは間違いない。天に誓って嘘偽りのない真実だ。しかしそれはそれとして、懐に余裕がある時はこの店に顔を出してもいいかな、とちょっと思った。

「そう言う徳之助さんは……ああ、そうか、許嫁がいたのか。というか、その話で来たんだった。ええと、お弓さんの元に女の幽霊が出たということですが……それを言っているのはお光ちゃんという子だけだ。念のために訊《き》きますが、お光ちゃんが嘘をついているなんてことはありませんよね」

虎太が訊ねると、徳之助は考える様子もなくすぐに大きく頷いた。

「お光ちゃんは嘘をつくような子じゃありません。私は何度も会っているから分かります。あの子が言うのなら、本当に幽霊は出たんですよ」

「しかしそうすると、お弓さんが女の幽霊に狙われているということになる。何か心当たりはありませんかね」

徳之助は、今度は大きく首を振った。

「お弓は誰かに恨まれるような人間ではありません。ましてや幽霊になんて」

「ちょっと関わっただけで取り憑《つ》いてくる幽霊もいますからねぇ。例えば前に誰かが殺された家に泊まったとか、死人の悪口を言ったとか、墓石を蹴り倒したとか……」

「そんな悪さをするわけがありません。誰かが殺された家に泊まったことがあるかどうかは分からないが、まずないでしょう。とにかく、心当たりなど何一つありませんよ」

「ううむ……」

徳之助の言葉を信じるなら、お弓が原因ではない。それなのにお弓の元に幽霊が現れるということは……。

「徳之助さんのせいってことはありませんかい。実は町内に、密かに徳之助さんに惚れている娘がいた。ところが徳之助さんには決まった許嫁がいる。それで世をはかなんで自ら命を絶った。そしてお弓さんの元へ夜な夜な現れ……なんてことが」

徳之助は少し考えた後で、また首を振った。

「それもありません。今、見知っている女を思い浮かべてみたんですが、どれもこれも生きている。同じ年頃の娘はみんなとうに嫁に行って、子供の手を引いて歩いていたりしますよ。私に惚れていた娘……ううん、いないなぁ」

「そうですかい。そうなると他に考えられるのは……親や御先祖の因果がお弓さんに巡ってきた、なんてのはどうでしょう。例えば父親の辰次さんだ。この人がかつて、恨みを買うようなことをしでかしていて……」

また徳之助は大きく首を振った。同時に、「そんなことを言うもんじゃないわ」と言う声がした。お久が酒と料理を膳に載せて運んできたのだ。

「親方さんはたまにうちの店にいらっしゃるけど、誰かに恨まれるような人じゃありませんよ。職人さんだけど物静かな人でね。いつも黙ってちびちびとお酒を飲みながら、あの棚に飾ってある置物を眺めているのよ」

お久は膳を置き、小上がりとは反対側の壁を指差した。が、虎太はそちらへ顔を向けなかった。目はお久が持ってきた膳の上に釘付《くぎづ》けだ。焼き茄子と冷奴《ひややっこ》、それと酒が載せられている。

「ああ、ごめんなさい。実はあまり茄子が残っていなくて、それでお豆腐もおつけしました。ついさっきまで珍しくお客様が大勢いらっしゃってましてね。茄子どころか、他のものもほとんどなくなってしまったんです。本当ならもう暖簾を下ろさなきゃいけないんだけど、お客様と若旦那が会うことになっていたので開けていたんです。本当にごめんなさいね」

「構いません。むしろこちらが謝らないといけないみたいだ。たとえ少しでも茄子があれば俺は満足ですから。しかも……」

虎太は膳をすっと自分の方へ寄せた。焼き茄子と冷奴をまじまじと眺める。どちらもありふれたものだ。虎太も古狸でよく食っている。

しかし古狸で出されるものと違う点がある。向こうは削った鰹節《かつおぶし》が載っていて、こちらはすりおろした生姜《しょうが》が添えられている点だ。

これまたどちらも珍しいものではない。しかし虎太は、古狸では鰹節の載ったものしか食った覚えがなかった。あそこは蕎麦屋もあるから、出汁《だし》を取るための鰹節がふんだんに置いてあるのだろう。きっとそのせいだ。

虎太は箸《はし》を取って生姜を焼き茄子の上に載せ、口へと運んだ。笑みがこぼれるほど美味い。すぐに盃《さかずき》を手にして酒を啜る。泣くほど美味い。

「本当は手の込んだものをお出ししたかったんですけど……」

お久が申しわけなさそうな顔をした。

「何をおっしゃいます。こういうのがいいんですよ。俺はごくたまに仕事先の親方や兄弟子に連れられて高そうな料理を出す店に行くこともあるんですが、味を楽しむどころか、そもそも何を食わされているんだか分かりゃしない。あんなものをありがたがっている金持ちは馬鹿だね。こういうものほど美味いのに」

自分は舌まで貧乏なのです、と白状しただけのことだが、お久は虎太が気を遣ってそう言っているのだと取ってくれたようだった。軽く頭を下げながらにっこりとほほ笑んだ。

「今度はもっと早くにいらっしゃってくださいね。他にも美味《おい》しいものをお出ししますから」

「へ、へい。それじゃ明日の夜明けにでも。ああ、それじゃ早すぎか。いつになるか分かりませんが、必ずまた来ますから……ええと、それで何の話をしていたんでしたっけ」

茄子のせいで頭からすべてが抜けてしまった。きょろきょろしていると徳之助が黙って店の反対側の壁を指差した。

「ああ、そうだ。置物がどうとか……」

虎太は壁へ目を向けた。棚が設《しつら》えてあり、その上に木彫りの置物がいくつか並べられている。

「ええと、確か辰次さんは、あれを眺めながら静かに酒を飲んでいる、ということでしたか」

虎太が訊ねるとお久は頷いた。

「親方さんは道楽で、虎とか鯉《こい》とかを彫っているそうなんですよ」

「ああ、そういえば」

虎太はここへ来る前に覗いた、今夜泊まることになっている建具屋の二階の部屋の様子を思い浮かべた。

二階にはふた部屋あり、住み込みの職人たちはそのうちの片方に押し込まれるようにして寝起きしていた。もう一つの部屋には、辰次の手によるものと思われる木彫りの置物がたくさん置かれているからだ。彫りかけのものもあったので、どうやらそこは辰次の道楽部屋となっているようだった。

辰次たちの一家が住んでいる裏の家はその道楽部屋の窓の先にあるので、虎太は今夜、その置物たちに囲まれながら見張りをすることになっている。

「前にあたしは、親方さんに『手本』となりそうな虎の置物をあげたことがあるんですよ。用があって芝《しば》の方へ行った時に、たまたま古道具屋さんの前を通りかかりましてね。店先に置いてあったのを見て、あっ、これは親方さんが喜びそうと思ったんです。値を訊いたらすごく安かったので、帰りに買ってきました。それをあげたらとても喜んでくれて、しばらくしたら親方が、あれを手本にして彫ったから、と言って木彫りの虎を持ってきてくれたんですよ。それがあれです」

お久は棚の端を指差した。

そこにある置物を見て、虎太は思わず「おおっ」と声を上げた。今にも飛びかかってきそうな様子の木彫りの虎がこちらを睨んでいる。

「す、すげえ……」

「あら、気に入ったようね」

「え、ええ。何しろ俺は、虎太って名だから。いずれ俺も独り立ちして銭を稼いだら、今のような九尺二間《くしゃくにけん》の長屋ではなく、大きな家に住みたい。そしてその家の床の間に立派な虎の置物を飾るんだ、と常々考えていたんですよ」

虎太はその時の様子を頭に思い描いた。当然、虎太は今よりいくらか年を取っている。その頃には子供がいて、家の中を走り回り、それを虎太が叱《しか》りつける。それからゆっくりと床の間の虎の置物に目をやり、満足げに頷く。そこへ子供たちの母親、つまり虎太の女房が「お茶が入りましたよ」と言いながら部屋に入ってくる。虎太は「うむ」と頷きながら振り返り、自らの恋女房の顔を見る。

その顔はもちろんお悌ちゃん……あ、あれ？

しくじった。目の前にいるものだから、お久になってしまった。虎太は「ごめんよ、お悌ちゃん」と心の中で謝りながら、ぶわっ、ぶわっ、と首を振って頭の中からお久を追い出そうと試みた。お悌を呼び寄せるのだ。

「あら、どうかしましたか」

お久が心配そうな声で顔を覗き込んできた。駄目だ。目の前にいるのだからこちらが強い。

「えっ、あっ、いや、頭に何か……蠅《はえ》でもいるのかな」

虎太は適当な言いわけをしながら辺りをきょろきょろと見回した。うまく誤魔化《ごまか》したつもりだったが、顔を前に戻すと徳之助もお久も酷く訝《いぶか》しげな表情でこちらを見ていた。

どういうわけか俺は初めて会う人からたいていていい一度はこういう顔で見られるんだよ

な、と思いながら虎太は首を竦めた。

その後もしばらくの間、虎太は徳之助やお久と話をしたが、お弓の元に現れる女の幽霊については何一つ手掛かりがつかめないまま、建具屋へと戻ってきた。

夜の四つ近くになっており、すでに二階にいる職人たちは横になっていた。虎太は連中を踏まないように気をつけながら、奥にあるもう一つの部屋に入った。

辰次が作った木彫りの置物を蹴飛ばさないよう慎重に進み、東側の障子窓を開けてから振り返った。部屋の行灯は点《つ》いていないが、外からの月明かりで十分だった。虎太は目には自信があるのだ。昼間はもちろん、夜目もやたらと利くのである。だから少しじっとして目を慣らすだけで、部屋の中の様子がかなり見て取れた。

あちこちに置物がたくさんある。近くに置かれているのは鯉《こい》のようだ。蛙《かえる》らしき物もある。まだ彫りかけの物が見えたが、これは亀だと思われた。それから義一郎……ではなく熊もあった。礼二郎もいるかな、と見回したが、狐らしき置物はなかった。古狸一家の三男の智三郎に似た鼠はいた。そして……。

隅の方に虎の置物があった。あの飲み屋に置かれていた物の「手本」だ。虎太は近づいて、まじまじと眺めた。さすがに元になった品だけあって立派だった。薄暗い中でも「凄み」を感じ取ることができる。

いつか俺もこんな置物を家に飾るぞ。そう思いながら眺めているうちに、なぜか虎太はその置物に向かって二つ、ぱん、ぱん、と手を打っていた。まるで柏手《かしわで》である。神様に祈っているみたいだった。

——まあいいか。虎は俺の神様だ。

虎太は隣の部屋の気配を探った。そこで寝ている職人たちに文句を言われるかと思ったが、声をかけられることはなかった。みんな寝ているらしい。

——うるさくしちゃまずいからな。

虎太は隣の部屋との仕切りの襖をぴたりと閉めた。それから窓際に近寄って座り込み、裏の家の見張りを始めた。

窓枠に腕をかけ、その上に頭を載せてうつらうつらしていた虎太は、はっきりとした「嫌な気配」を感じて目を覚ました。

すぐに裏の家を見る。ひっそりとしており、特に変わったところはなかった。

ちらりと目を上に向け、月がある場所を確かめた。先ほど見た時よりだいぶ西へ動いている。恐らく今は夜半をかなり過ぎているはずだ。

虎太は目を裏の家に戻した。嫌な気配はまだ続いている。弱まるどころか、徐々に強くなっているようだ。

だが、いくら目を凝らしても裏の家に変わったところは見られなかった。物音や声のようなものも聞こえてこない。

それなら気のせいか、と他の者なら考えるかもしれないが、虎太は違った。古狸に顔を出すようになってから何度か幽霊には出遭っている。まず死神の異名を持つお房《ふさ》という女の幽霊だ。おその、おりんという神隠しに遭ったとされていたが実は殺されていた二人の女の幽霊も見た。その時に感じたのと似た気配があるのだ。

その出所はどこだろうかと、虎太は息を殺しながら辺りに目を配った。

怪しいものは目に入らなかったが、必死に気配を探るうちに、それがどこから来ているのかを虎太は感じ取ることができた。後ろだった。しかもすぐ近く。今いるこの部屋の中からだ。

ふう、と静かに息を吐き出す。そして隣の部屋との間にある襖を閉めてしまったことを後悔しながら、恐る恐るゆっくりと振り返った。

うっすらと光る靄《もや》のようなものが部屋の隅に立ち上っていた。目を見開いて眺めていると、靄は少しずつ人の形になり、やがて明らかに女だと分かる姿になった。顔立ちまではっきりと見て取れる。

女は軽く前で手を組んで立っている。そのままの姿勢で、足を動かさず滑るように虎太の方へと向かってきた。

「うわっ」

虎太は声を上げて脇へ避《よ》けた。すると女は虎太の横を通り抜け、窓から外へと飛び出していった。虎太は呆然《ぼうぜん》とその後ろ姿を見送る。女は裏の家の壁まで行くと、すっとすり抜けて中へと消えていった。

しばらくすると、お弓が咳き込んでいる声が聞こえてきた。それを耳にしながら、虎太はわけが分からずにただ「な、なんで」と呟《つぶや》いていた。

虎太の横を通り抜けて裏の家へと消えていった女。そして恐らく今、お弓の首を絞めているであろう女。それはあの飲み屋の若女将の、お久だったのである。

四

「……それで、お前はどうしていいか分からずに逃げ帰ってきたというわけか」

翌日の晩の、一膳飯屋古狸の中である。虎太は治平から叱言《こごと》を食らっていた。

「いいかね、虎太。儂らはね、亀八さんを捜すために幽霊が出るような家などを訪れている。しかしそれは、先方にしてみれば迷惑なことなんだよ。幽霊が出るってだけでも大変なのに、その上もし妙な噂まで立ったら碌なことにならないからね。そこが貸し家だったら店子《たなこ》が見つからずに家主が苦労するし、商売をやっている店なら客が減るかもしれない。怖いもの見たさの野次馬が集まってきて、ご近所に迷惑がかかるということも考えられる。だからきっと、そういう家の住人や家主はあまり騒ぎにしたくないと思うんだ。儂らは、そういう人たちの元へお願いしに行っているわけだからね。だから、なるべくなら亀八さんを捜すだけに止《とど》まらず、そういう人たちの力になるように努めたいと思っているわけだ。虎太、お前は阿呆《あほう》で間抜けじゃが、強い相手にも立ち向かっていく心意気とか、困っている人を決して見捨てない男気とか、そういうものを持ち合わせている男だと思っていた。それが、何もせずに尻尾《しっぽ》を巻いてすごすごと退散してくるなんて……」

「へ、へい。申しわけねぇ……ああ、いや、俺だって何とかしようとは思ったんですよ」

虎太は今日、この古狸へ来る前にお久がやっている飲み屋を訪れていた。そこでお久と言葉を交わしたが、怪しいところは何一つなかったのである。

「よく似た人だ、なんてことではなく、昨夜見たあの幽霊は間違いなくお久さんだ。俺は目だけは自信がありますからね。それは確かだと言い切れる。しかし、当のお久さんにはまったくおかしな様子が見られなかった。自分が生霊《いきりょう》となってお弓さんの所に現れているなんて、本人はまったく気づいていないんですよ」

鎌を掛けるつもりで、虎太は「亭主を見つけるつもりはないんですかい」と訊ねてみた。お久は「いい人がいたら教えてね」と笑っただけだった。思い切って「徳之助さんみたいな人はどうですか」と訊いたが、お久は顔色一つ変えず、「そうね、あんな感じの人でもいいわね」とさらりと言った。何かを誤魔化している風には見えなかった。

「多分ですけど、お久さんは徳之助さんのことを想っている、と俺は思うんですよ。でも徳之助さんには許嫁がいるから本人はきっぱりと諦めたつもりでいる。でもそれはあくまでも心の表側だけのことであって、実は本人も知らない心の奥底にその想いが残ってしまっている。それで、お久さん自身でも気づかないうちに、生霊となってお弓さんの元へ現れてしまっているんだ。寝ている間にね」

「儂もそんなところではないかと思うよ」

「これ、どうしようもないでしょう」

本人が気づいていない、というのが事を難しくしている。

「ううむ、確かに」

治平は難しい顔をして黙り込んだ。

「ああ、それと、お弓さんの父親の辰次さんはたまにお久さんの店に酒を飲みに行きますけど、お久さんの方は辰次さんの家の場所を知らないそうですよ。当然、お弓さんの顔も知りません。それでも魂が抜け出してお弓さんの元へ飛んでいくんだから大したものだ。今は夜の五つ半くらいか。お久さんは何も知らずにまだ店をやっていますよ。そして四つくらいに店を閉めて眠りにつく。その後はきっと、知らず知らずのうちに魂が体から抜け出して、今夜もまたお弓さんの所に現れることでしょう」

虎太は大きく溜息《ためいき》をついた。なす術《すべ》がない。お久がとても感じのいい人なだけに胸が痛んだ。いや、お久だけではない。徳之助や辰次も善人だ。お弓とも挨拶程度に顔を合わせたが、優しそうないい娘さんだった。誰一人として悪いやつがいない。

やりきれない思いで古狸の中を見回す。虎太が来た時には他にも客が何人かいたが、昨夜の話をしている間に帰っていき、今は治平と虎太しか残っていなかった。店主の義一郎は店仕舞いのための片づけをしている。先に蕎麦屋の方を閉めた礼二郎が一緒に座敷にいるが、話の途中から無言になっている。わりと頭の働く男だから何とかよい方法を見つけようと頭を捻っているのだろう。しかし、その礼二郎でも何も浮かばないようだ。

三男の智三郎は修業先の菓子屋から帰ってきて、さっきまで座敷の隅で飯を掻《か》き込んでいたが、食い終わったらさっさと二階に上がってしまった。こいつは兄弟の中でもとりわけ愛想が悪いのだ。

「……そういえば、今日はまだお悌ちゃんを見ていないが、どうしたんですか」

「そりゃお前、二階で忠の相手をしているに決まっているじゃないか」

礼二郎がぼそりと答えた。

「ああ、そうか」

「飼い主のくせに忘れるな」

「嫌だな、ちゃんと覚えてますよ。今日だって忠を引き取りに来たんだ。そのついでに事の顚末《てんまつ》を話したようなもので」

「本当かしら」

店の奥の方で可愛らしい声がした。そちらへ目を向けると、木箱を抱えたお悌が立っていた。箱の上には布が被せてある。

「忠ちゃんはこの中で寝ているから、起こさないようにそっと運んで帰るのよ」

お悌はそう言いながら、慎重に足を運んでそろそろと近づいてきた。揺らさないように気をつけながら、小上がりの座敷に箱を下ろす。何もかもゆっくりした動きだ。

「お、お悌ちゃん。まさかここから久松町まで、今みたいな感じで歩いていけって言うのかい。そりゃいくらなんでも無理だ」

「虎太さんならできるわ」

そんな無茶な、と思いながら虎太は忠が入っている木箱へ目を落とした。中でもぞもぞと動いている気配がする。

「あれ、忠のやつ起きているみたいだぞ」

「本当ね。もしかして飼い主の声が聞こえたから目を覚ましたのかしら」

「ああ、きっとそうだ。昨夜ひと晩離れていたから、寂しがっていたに違いない」

虎太は嬉しくなった。仕事に出ている間は他の人に面倒を見てもらっているので、ちゃんと自分を飼い主と認めてくれているかどうか少し不安だったのだ。

「さあ、忠。うちに帰るぜ。大人しく箱の中にいてくれよ」

箱に向かってそう呼びかけながら、虎太は被せてあった布を取った。

すごい勢いで忠が飛び出した。そのまま、虎太がいるのとは反対側の隅の方へと走っていく。そして壁際まで行くと振り返り、虎太の方に向かって「シャーッ」と威嚇《いかく》するような声を上げた。牙《きば》を剝《む》いている。

「ちゅ、忠。どうしたんだ。俺だよ、俺。ま、まさかお前……ひと晩で飼い主の顔を忘れるほどの馬鹿猫だったのか」

「ちょっと虎太さん、忠ちゃんのことを悪く言うのはやめてくれないかしら。ちゃんと虎太さんのことは覚えているわよ。ただ……虎太さんじゃなくて、その風呂敷《ふろしき》包みの方を怖がっているみたいだわ」

お悌は虎太が横に置いていた風呂敷包みを指差した。

「それ、何が入っているの？」

「えっ、これかい。別に怪しいものじゃないよ。お久さんから辰次さんへと贈られた虎の置物だ。今朝、建具屋を離れる時に、これのことを褒《ほ》めたんだよ。ひと晩泊めてもらったのだから、何かおべっかを言わなきゃと思ってさ。素晴らしい虎の置物をお持ちですね、俺は虎太という名だからいつかこんな置物が似合う立派な家を持ちたいと思っているんです、という具合に。そうしたら辰次さんが貸してくれたんだよ。仕事へ行く前にでも眺めて、励みにしてくれって。せっかくそう言ってくれているんだから遠慮なく借りてきた。しばらく俺の部屋に飾って、毎朝眺めようと思うんだ」

虎太は風呂敷包みを開いた。中から当然、虎の置物が出てくる。

「シャーッ」

また忠が唸った。

「お、おい忠、まさか生きているると思っているのか。これは作り物だよ。木でできているんだ。よく見ろよ、ほら」

虎太は置物を手に取り、忠へと近づいた。

忠は自分を大きく見せようとしているのか、四肢《しし》を踏ん張りながら背中を丸めている。頭の上や短い尾まで含めて、全身の毛が逆立っていた。

「虎太さん、忠が怖がっているんだからやめなさいよ。可哀想《かわいそう》じゃない」

「ううん、そうか。でも、これだと俺の部屋に飾るのは無理だな……」

虎太はがっかりしながら忠に背を向け、包み直すために広げた風呂敷の上に虎を載せた。

「あっ」

虎太以外の、お悌と治平、礼二郎の三人が同時に声を上げた。

「いったいどうしたんで……あっ」

少し遅れて虎太も声を上げた。すごい勢いで白茶の塊が横をすり抜けたからだった。もちろん忠である。

置物の目の前まで走っていくと、忠はそこできゅっ、と止まり、前足でばしっ、と虎の鼻面を叩《たた》いた。

子猫の力とは思えないほどの強さだった。木彫りの虎は横に吹っ飛び、小上がりの座敷から下の土間へと転げ落ちた。木が裂けるような音が店の中に響く。

虎太は慌てて座敷の端まで這っていき、土間を覗き込んだ。下に落ちた虎の置物は真っ二つに割れていた。左半身と右半身という割れ方だ。

「えっ、う、嘘だ。借り物なのに」

嘆きながら手を伸ばして割れた置物を拾おうとする。しかしそれより前に、いつの間にか土間に下りていた礼二郎の手が横から伸びてきた。左右それぞれの手に割れた置物を取り、まじまじと眺める。

「ふうむ、妙な割れ方だな。刀で斬ったみたいだ。木目にも沿っていない」

割れ目を見た礼二郎は、首を傾げながら虎太の方を向いた。

「もしかしたらこの置物に何かあるのかもしれない。確か、お久さんって人は辰次さんの家を知らないと言っていたな。しかしなぜか生霊は現れた。俺が思うに、お弓さんの具合が悪くなったのと、この虎が辰次さんの家に置かれたのは同じ頃なんじゃないかな。つまり、こいつを『仲立ち』としてお久さんの生霊は辰次さんの家に現れたってことだ。昨夜、お久さんの生霊はまず、お前が見張っていた部屋に現れたんだろう。多分、その辺りにこの虎の置物もあったはずだ」

虎太は頷いた。言われてみれば同じ場所だった気がする。

「だけど、そんなことがあるんですかね。うまく作ってはありますが、ただの木彫りの置物ですよ。それが生霊の『仲立ち』をするなんて」

「分からん。しかし確かめることはできる。置物は辰次さんの家を離れ、しかも割れてしまった。もし俺の考えが正しければ、もう生霊はお弓さんの元へ現れないはずなんだ。虎太、お前はこいつを駄目にしてしまったことを謝りに、辰次さんの所へ行かねばならない。早い方がいいから明日にでも行って、ついでにお弓さんの様子も聞いてきてくれ」

「はあ、分かりました。今晩は現れていなければいいですね、生霊」

「うむ。お弓さんにとってはな。しかし、そうなると今度は別の心配も出てくる。虎太、明日はお久さんの店にも足を運んでくれるか。お久さん自身はまったく知らないことだが、もしかしたらこの虎の置物は、何か呪いの品のような物なんじゃないかな。もしそうだったら、知らずに使ったとはいえお久さんの身に呪いが返っているかもしれない」

「ううむ……」

礼二郎はわりと頭の働きがよい男だが、それにしてもたかが木彫りの置物が割れたくらいで考えすぎではないか、と虎太は思った。治平や義一郎も同じ考えとみえて首を捻っている。

「……まあ、とにかく確かめてきます。明日、仕事が終わったらその足で辰次さんの家と、お久さんの店に行ってみますよ。それじゃ、俺はそろそろお暇《いとま》して……ええと、あれ、忠は？」

虎太は店の中を見回したが、忠の姿はどこにもなかった。どこに行ったんだと捜していると、「ここよ」とお悌が小声で言い、忠のいる場所を指差した。

初めに入っていた木箱の中だった。いつの間にか忠はそこへ戻り、丸くなって眠っていた。


翌日、虎太は仕事を終えた足で紺屋町に向かった。

辰次に会い、虎の置物を割ってしまったことを平謝りする。辰次はがっかりした顔をしていたが、虎太には「気にしなくていい」と言ってくれた。やはりいい人だ、と虎太は思った。

続けて、お弓の具合も訊いてみた。どうやら昨夜はよく眠れたようで今日は顔色がだいぶよかった、と辰次は嬉しそうに言った。

ここまでは礼二郎の考えは合っている。しかしお久については間違っていてほしい、と思いながら虎太は辰次の元を辞し、お久のやっている飲み屋へと向かった。

日が落ちてからだいぶ経っている。だから当然、飲み屋は開いているはずなのだが、なぜか閉まっていた。

虎太は困った。どうしていいか分からずに辺りをうろうろしていると、店の裏口の方から知っている顔が現れた。慌てて声をかける。

「徳之助さん、今日はここはお休みですかい」

「ああ、虎太さん。いえね、そうじゃないんで」

徳之助は虎太のそばに近づいてくると、心配げに顔を曇らせた。

「実は昨夜、お久さんが急に倒れてしまいましてね」

「えっ」

「私もちょうど店にいたんですが、大変でしたよ。急いで医者を呼びに行ったりして」

「そ、それで、お久さんの具合は？」

「わりとすぐに起き上がりましてね。ちょっと立ち眩《くら》みがしただけだ、なんて笑っていましたが、顔色が随分と悪かった。ただ、熱があるとかどこかに痛みがあるとかはないみたいでしてね。医者の話では、溜《た》まっていた疲れが一気に出たのだろうということでした。実際、ずっと働き詰めでしたからね。ひと晩ぐっすり寝ればよくなるだろうと言っていたのですが、今日になってもお久さんは体がだるそうでして。それで私ども店の常連や近所の者が、しばらく休んだらどうかと説得したんです。お久さんの父親もあまり体が強い方ではありませんのでね。もし店を開けたら間違いなくお久さんは無理をすると思ったものですから」

「はあ、そうでしょうねぇ」

「少し離れた所に親戚の家があるというので、これまたみんなで説得して、今日のうちに父親と一緒にそちらへ移ってもらったんですよ。思い切ってここから離れた方が、開き直ってゆっくりと休む気になるでしょうから。夕方頃、お久さんは駕籠《かご》に乗って出ていきました。私は今、ここの戸締りなどを確かめに来たんです。頼まれたものですから」

「なるほど、よく分かりました」

虎太は徳之助に頭を下げながら、気づかれないようにそっと溜息をついた。残念ながらこちらの方でも、礼二郎の考えは合っていたようだ。

「ところで、お久さんが倒れたのは昨夜のいつ頃のことでしたか」

「ええと、そろそろ帰ろうかと考えていた時分ですから、五つ半くらいでしたかね」

忠があの虎の置物を割ったのと同じ頃だ。

もう一度頭を下げてから、虎太は徳之助と別れた。何とも言えない気分で古狸へと足を進める。多分、これで今回の件は一応のけりがついたのだろう。お弓はこれから体がよくなっていき、いずれは徳之助とめでたく祝言をあげるに違いない。しかしお久の方は……どうなるか分からない。

虎太は立ち止まり、空に懸かっている月を見上げた。そして、あまり後味がよくないな、と顔をしかめた。

皆殺しの家

一

虎太の朝は、猫もしくは熊に起こされることから始まる。

猫というのはもちろん忠のことだ。これが朝になると周りでにゃあにゃあと鳴く。何か食わせろと訴えているのである。

この鳴き声が日増しに力強くなっている気がする。男の独り暮らしで、かなり手を抜いて飼っているわりにはすくすくと育っているようだ。まことにめでたいことではあるが、朝っぱらからこれでは長屋の他の住人に迷惑がかかる。だから虎太はまだ寝たいと思いながらも、眠い目をこすりながらのろのろと体を起こす。面倒臭《くさ》くはあるが、どこか幸せな気分も覚える夏の一日の始まりだ。

しかし前日の仕事の疲れが残っていたり、暑さで夜の間によく眠れなかったりすると、忠の鳴き声くらいではなかなか目が覚めないこともある。熊に起こされるのはそんな時だ。この場合はかなり暑苦しく夏の一日を始めなければならない。

この熊というのは言わずと知れた「古狸」の店主、義一郎のことである。顔に似合わず猫好きなので、虎太の部屋へ忠の様子を覗《のぞ》きに来るのだ。それも毎朝だから恐ろしい。

虎太が住んでいる久松町の裏長屋の住人はみな、夏は戸締りなどしない。暑いから戸を開けっ放しで寝る。独り者の男ばかりが住む、下手に盗みに入ろうものなら泥棒の方が身ぐるみを剝《は》がされてしまいそうな貧乏長屋だからできることだ。当然、虎太もそうしている。そのため熊も入り放題なのである。

虎太の部屋に入った義一郎は、まず忠を優しく撫《な》でる。それから虎太を起こしにかかるわけだが、その際に「こら虎太、いつまで寝てやがるんだこの野郎、忠が腹を空かせているじゃねぇか。さっさと起きねぇか、この寝坊助がっ」などと怒鳴ることは決してしない。それでは忠がびっくりしてしまうからだ。ならばどうするかというと、眠っている虎太の横に体を寄せて添い寝をするのである。そして耳元で「虎太さん、朝よ。起きてちょうだい」と囁《ささや》くのだ。

これは怖い。そんなことをされたら誰でも起きる。医者や親戚一同に見守られながら黄泉《よみ》への旅路へと出かけようとしている今わの際の年寄りだって慌《あわ》てて飛び起きるに違いない。

もちろん虎太だって同じだ。すぐ間近でこちらの顔をにやにやと覗き込んでいる義一郎の姿を認めると、ひぃ、と怯《おび》えた声を漏らして素早く体を起こし、尻を擦《こす》るようにして壁際まで一気に逃げる。そして、可愛らしい子猫の鳴き声で目覚めなかった己を呪う。忠と義一郎、どちらに起こされるかでその日の気分がまったく違うからだ。

「……ぎ、義一郎さん。お、おはようございます」

今朝の虎太は、暑苦しい方で一日が始まった。

「うむ、おはよう。よく晴れ渡った、清々《すがすが》しい朝だな」

「は、はあ……」

もし忠の鳴き声で目覚めたのであれば虎太もそう感じたかもしれない。しかし義一郎の不気味な笑顔で起こされてしまった。禍々《まがまが》しい朝だ。

「おら、さっさと顔を洗ってきやがれ。忠が腹を空かせているじゃねぇか」

「へ、へえ」

忠を見ると、部屋の上がり框《がまち》に置かれた風呂敷包みを前足でつついていた。義一郎はいつも店で余った食い物を忠の餌《えさ》として持ってきてくれるのだ。もちろん虎太の分はない。

虎太の朝飯は修業先の親方のおかみさんが住み込みの者たちの分と一緒に作ってくれるので、そこで食うのである。だから自分の分がないのは構わないのだが、ここから修業先の店がある深川の伊勢崎町へ行くまでが空腹でつらいので、猫の餌といえどもちょっとつまみ食いしたくなる。

ぐうぐうと鳴る腹をさすりながら虎太は井戸端へ向かった。急いで顔を洗って引き返す。部屋に戻ると、義一郎が包みを開いて小振りの重箱を出しているところだった。忠がにゃあにゃあ言いながらその周りをうろうろしている。

「虎太、皿を出してくれ」

「ああ、はいはい」

重箱から直《じか》に食わせるのではなく、いったん皿に移してから忠にやるのだ。これは虎太の役目である。ここで飼っている猫なのだから、虎太か長屋の住人が食い物をやるようにしなければいけない、というのが義一郎の考えだった。

虎太は部屋の狭い土間の隅に箱膳と一緒に置かれている猫の餌用の皿を手に取っ

た。古狸にあった中から義一郎が忠のために選んだ、わりとよい皿である。この皿といい、わざわざ猫の餌を重箱に入れて運んでくることといい、面と向かっては言えないが、この義一郎は本当に「猫馬鹿」だな、と虎太は思っている。

義一郎から重箱を受け取り、箸《はし》を出して重箱の中身を皿に移していると、忠が虎太の足下に寄ってきた。せっつくように着物の裾《すそ》に前脚をかけ、後ろ脚で立ち始める。こうなると急がなければならない。早くしないと体に上ってこようとするからだ。

「……ああ、虎太。お前は今日も、仕事が終わったらうちに来るよな」

「ええ、そりゃまあ」

虎太は忠の動きを気にしながら答えた。ほぼ毎日、古狸に顔を出している。もちろんお悌ちゃんに会うためだ。

「うむ、まあ来るとは思っているが念のために訊《き》いたんだ。昨日の夜、お前が帰った後で佐吉《さきち》さんが顔を出してね。どこかで面白い話を聞き込んできたらしい」

「……幽霊が出てくる話ですね」

佐吉というのは古狸の常連客で、下駄《げた》の歯直しをしている四十くらいの男である。仕事であちこちを歩いているので、そのついでに亀八を捜したり、怖い話を聞き回ったりしてくれている。

「お前はいないし、お悌ももう寝ちまった後だったから、その話を聞くのは今晩になったんだ。逃げずに顔を出せよ」

「はは、何をおっしゃいます。この俺が逃げるなんて……おっと」

忠が体を這《は》い上がってきたので、虎太は慌てて重箱の蓋《ふた》を閉めた。餌の入った皿を忠から離すように腕を伸ばして持ち、もう片方の手で忠を押さえるように抱きかかえる。毎朝のことなので手慣れたものだ。

そのまま、いつも忠に餌をやっている戸口のそばまで動いた。皿を置き、その前に忠を下ろす。そして、忠が食いつくのを眺めながら必死で考えを巡らせた。つい先日、お久の生霊《いきりょう》を見てしまったばかりである。亀八を捜す手伝いをするにやぶさかではないが、さすがにこう続けられると体がもたない。お悌ちゃんに会えないのは悲しいが、今日は古狸に寄らない方がいいのではないか。どうにかうまく嘘をついて……

例えば親方から遠出の使いを頼まれたとか、世話になった兄弟子に無理やり酒を付き合わされたとか、取引先の馬鹿旦那が死んだとか……。

「おい虎太。佐吉さんは常連といっても、三、四日に一度くらいしか来ない人だ。それがお前に話を聞かせるために昨日、今日と続けて来てくださるんだからな。間違っても逃げたりするんじゃねぇぞ。もし姿を見せなかったら……これから古狸では、お前は『猫太《ねこた》』と呼ばれるようになるからな」

「ちっ」

虎太は舌打ちした。子供の頃から怖がりで、そのことを周りの者からよく馬鹿にされていたが、その際に使われていたのが「猫太」という呼び方なのだ。

その名を出されたら駄目だ。後ろを見せるわけにはいかない。

「……義一郎さん、甘く見ないでいただきたい。この俺が逃げるはずないでしょう。俺は『猫太』じゃなくて『虎太』だ。勇猛果敢な、一匹狼《いっぴきおおかみ》の虎なんだ」

「おお、そうかい。虎だか狼だか分からんが、すまなかった。それじゃあ今夜も来るということでいいな。待ってるぞ」

義一郎は立ち上がった。戸口のそばで餌の入った皿に頭を突っ込んでいる忠をひとしきり眺める。そしてしばらくすると満足したように笑顔で頷《うなず》き、虎太の部屋から出ていった。

「うおぉ、俺は猫太じゃねぇ、虎太だ。決して逃げない、強くて勇ましい虎なんだ」

まだ部屋の中では虎太が騒いでいる。皿の中身をすべて平らげた忠が「こいつ阿呆《あほう》だな」という顔で、そんな飼い主の姿を見上げていた。

二

仕事を終えた虎太が古狸に着き、暖簾《のれん》を掻《か》き分けて戸口をくぐると、もう佐吉がいて、治平と共に小上がりで酒を飲んでいた。

「おっ、やっと来たか。危うく飲みすぎて、せっかくの話ができなくなるところだった」

「まったくだ。だいたいね、先の短い年寄りをあまり待たせるものじゃないよ。着いたら死んでた、なんてことだってあり得るんだからね」

二人とも咎《とが》めるような目を虎太へと向けた。その目の周りや頬《ほお》がかすかに赤らんでいる。すでに少し出来上がっているようだ。

「へいへい。酔い潰れてたら家まで送りますし、死んでたらちゃんと弔ってあげますよ」

ぞんざいに言いながら虎太は座敷に上がった。仕事を終えてから来ているのだ。佐吉はともかく、隠居老人の治平から何を言われようと屁でもない。

ただ、二人の横にお悌が座っていた。どうやら佐吉が仕入れてきた怪談を一緒に聞くために虎太を待ち構えていたようだ。こちらにはきちんと謝らなければいけない。

「お悌ちゃん、遅くなってごめんよ。急ぎの仕事があったものだから」

手を合わせて丁寧に頭を下げた。治平たちが「こっちには謝らんのか」という風に口を尖《とが》らせているのが横目で見えたが、もちろんそんな連中はどうでもいい。

「あら、お仕事なら仕方がないわ。別に気にしなくていいわよ」

お悌が口に手を当てて軽く笑いながら手を振った。

なんて優しい子だ、と虎太は思った。治平や佐吉に、お悌ちゃんの爪《つめ》の垢《あか》を煎《せん》じて飲ませてやりたいくらいだ。いや、もしそんなものがあったら二人にやるのはもったいない。俺がすべて飲み干す。

代わりに二人には俺の爪の垢を煎じたやつを……と考えながら店の中を見回した。

夜の六つ半頃とあって、晩飯を食っている客がそれなりに入っていた。虎太たちは座敷の戸口寄りの隅に陣取っているが、真ん中辺りには一日の仕事を終えた職人や行商人らしき者たちが三人ほど点々と座って、それぞれの飯を掻き込んでいる。他にも、たまに顔を見る酒飲みの二人組の姿もあった。それから虎太たちがいるのと反対の隅には……。

「うげっ」

虎太は思わず声を上げた。むすっとした顔で団子を食っている男がいたからだ。五十手前くらいの、よくこの古狸に団子を食いに訪れている二本差しである。

この男の正体を虎太は知っている。千村新兵衛《ちむらしんべえ》という名の、定町廻《じょうまちまわ》りの同心《どうしん》だ。虎太はこの千村に命を救われたことがある。また、一度追い出された修業先に再び戻れたのも千村のお蔭だ。しかも少し早めに御礼奉公を始めさせるよう親方に口を利いてくれた。色々と世話になっているのである。

「あら、どうかしたの」

虎太の妙な声を聞いたお悌が、訝《いぶか》しげな顔をした。

「ああ、いや……」

千村が同心であることは、ここにいる中では虎太しか知らない。見廻りの途中に寄っているので立場上まずい、だから他の者には内緒にするように、と千村から釘を刺されている。

定町廻りの同心は、袴《はかま》を着けない着流し姿に羽織《はおり》だけを纏《まと》って町を歩く。しかしこの店に入る時の千村は羽織も脱ぎ、帯に差す十手も外している。見廻りをする際に連れて歩いている配下の者に預けているのだ。その配下の連中は千村がここにいる間、近くの路地裏などに身を潜めて待っている。たかが団子のためにご苦労なことである。

「……今時分でも団子が残ってるんだなぁ、と思ってさ。菓子屋の方は早く閉めちゃうだろ」

一家でやっている三軒の古狸のうち、この一膳飯屋は日が暮れた後にほとんど飲み屋と化してしまうので遅くまでやっているが、蕎麦《そば》屋の方はだいたい夜の五つ頃で店仕舞いする。そして菓子屋は、たいてい夕方には閉めていたはずだ。

「あのお侍様、昼間もいらっしゃってね。夜にまた来るから、団子を取っておいてくれって頼まれたの。でも今は暑い時季でもあるし、お侍様に作り置きをお出しするのもどうかと思ってね。それで夕方に改めて作ったのよ」

「へえ……」

「虎太さんの分もあるわよ。来るのが分かっていたから、あたしが先に支度しておいたの」

「あ、やっぱり俺のか……」

佐吉と治平の前には当然、それぞれの膳が置かれている。その他にもう一つ膳があるが、どうやらそれは前もって用意された虎太の分らしい。

じっくりと膳の上を眺める。まずはお馴染《なじ》みの鴫焼《しぎやき》、つまり茄子《なす》の田楽《でんがく》だ。それから焼き茄子もある。焼いた茄子の上に削り節を載せ、醬油《しょうゆ》をかけたものだ。これもよく見る。

茄子の揚げ物も目に入った。つまりは天ぷらなのだが、江戸では「天ぷら」といえば海老《えび》や穴子《あなご》、鱚《きす》などの江戸前で獲《と》れた魚介を指し、野菜を揚げたものは「精進揚《しょうじんあ》げ」という。しかし虎太はいちいち分けて言うのが面倒臭いので、たいていは「揚げ物」で済ましている。ちなみに大根の葉や小松菜などの葉物はすべて「菜っ葉《ぱ》」だ。

さらに膳の上には、冷奴の上に茄子の煮浸しを載せたものもあった。茄子を煮汁に漬け込んで味を染み込ませたものだが、古狸ではこの煮汁に蕎麦つゆを使っているらしい。飯屋と蕎麦屋を一家でやっているので、こういう時には便利だ。

ここまでの茄子尽くしは嬉《うれ》しい。しかも、どれも涙が出るほど美味《うま》い。虎太にとっては小躍りしたくなる品々である。

が、なぜかその横に団子が山になった皿も並んでいた。これがよく分からない。酒もついているので、茄子と共にこの団子も肴《さかな》にして飲めということだろう。

――ううん、茄子と団子か。食い合わせは……どうだったかな。

この店には、常連客の間で密かに「お悌ちゃん籤《くじ》」と呼ばれているものがある。お悌は注文を聞き違えることが多く、頼んだものではない料理が出てくるのでそう呼ばれるようになったのだ。一食分の飯が二十四文、料理を一品だけならどれも八文と、値が変わらないので常連客はむしろ楽しみにしている。

しかし今回のように、注文する前から怪しい組み合わせのものが用意されていたのは初めてだ。お悌ちゃん籤が新たな一歩を踏み出したらしい。

「さあ、虎太さんも来たことだし、お話を聞きましょうか」

お悌が佐吉へと顔を向けて促した。今日、怖い話を聞くのは虎太と治平、そしてお悌の三人ということのようだ。義一郎の姿も店の中にあるが、他にも客がいるのでその相手をしなければならない。蕎麦屋の方もまだ開いているから、礼二郎はそちらだ。多分この二人は後で改めて治平なりお悌なりから話を聞くのだろう。

「うむ、それでは始めるが、先に訊いておきたいことがある。みんなは『蝦《が》蟇《ま》蛙《がえる》の吉《きち》』のことを耳にしたことはあるかな」

虎太が座るのを待って話し始めた佐吉が、周りで聞いている三人の顔を見回した。まず治平が大きく頷いた。お悌も笑みを見せながら首を縦に振る。座敷にいる二人組の酔客のうちの一人の耳に佐吉の声が入ったらしく、そちらから「俺も聞いたことがあるぜ」と声がかかった。

「ふうむ、さすがにみんな知っているな。それなら蝦蟇蛙の吉については詳しく話さなくても構わないか……」

佐吉が呟《つぶや》きながら再び一同の顔を見回す。すぐにその目が虎太の所で留まった。

「おや、もしかして虎太は……」

「えっ、い、いや、まさか、そんな、そんな。ははは」

聞いたことがなかった。そんな言葉は初耳である。だがお悌ちゃんの手前、自分だけ知らないと言うのは格好が悪い。だからとぼけていたのだが、なぜか気づかれてしまったようだ。

「お前はすぐに顔に出るからな。明らかに何のことか分からない顔をしていた」

「な、何をおっしゃいます。ちゃんと分かっていますから、お、俺のことは気にせず、どうぞ話を続けてください」

「それなら何なのか言ってみな」

「えぇ……」

そんな殺生な、と思いながら虎太は必死で頭を捻《ひね》った。

「が、蝦蟇蛙の吉でしょう……ええと、吉ですよ、吉。お御籤《みくじ》の吉と同じだ。つまりこれは、蝦蟇蛙に何かするとよいことが起きるという、とてもおめでたい……」

「うん、おめでたいのはてめぇの頭だ。まったく違うよ。蝦蟇蛙の吉というのはね、人の名だ。盗賊の一味の頭目の呼び名でね。こいつらの手口がまた荒いんだよ。殺されなかったら運がいいと言われるくらいなんだ」

「へ、へえ……」

盗賊など、貧乏な虎太には縁のない相手である。知らないわけだ。

「それでも近頃では、家の者を皆殺しにするような押し込みは四、五年に一度くらいになったかな。蝦蟇蛙の吉も年を取って少しは丸くなったのかもしれん。まあ、相手を散々殴り付けて大人しくさせてから縛《しば》り上げ、その後でゆっくりと家の中を漁《あさ》っていくようなのは今でも年に一度くらいあるけどな。それでもだいぶ減ったよ。この蝦蟇蛙の吉の名をもっともよく耳にしたのは二十年くらい前だが、その頃は凄《すご》かった。毎月どこかで商家が潰れていたよ。連中のせいで」

「ひ、酷《ひで》え……」

二十年前なら虎太が生まれた頃の話である。そんな昔から盗賊の頭《かしら》として名を上げていて、佐吉の口ぶりでは今も捕まらずに悪さを続けているらしい。

そんなやつを野放しにするなんて……と思いながら虎太は横目で千村新兵衛を見た。

古狸にいる時の千村はいつもむすっとした表情をしているが、その顔をさらに険しくした、何とも恐ろしい形相で団子を食らっていた。

どうやら千村の耳にもこちらの話が入っているらしい。離れた所にいて、間に何人か他の客もいるというのに、何とも凄《すさ》まじい地獄耳である。

とにかく顔が怖いので、虎太は千村を見るのをやめて佐吉へと目を戻した。

「そ、それにしても蝦蟇蛙とは、随分《ずいぶん》と酷《ひど》い呼び名ですねぇ。まあそれだけの野郎だから碌《ろく》でもない呼ばれ方をするのは分かりますが……もしかして顔が蝦蟇蛙に似ているのかな」

「いや、そいつの面を拝んだやつはいないよ。仲間内でしか知られていないんだ。吉という方だって、蝦蟇蛙の異名が付く前に吉蔵《きちぞう》だか吉兵衛《きちべえ》だかと名乗っていたからそれが残っているだけで、こちらも本当の名ではないだろう。それで、蝦蟇蛙がどこから出てきたかというとだな、こいつが動き始めた頃の少し前、今から二十四、五年くらい前に『鎌鼬《かまいたち》の七《しち》』と呼ばれる盗人《ぬすっと》がいたんだよ」

「はあ、そいつも初耳だ」

「鎌鼬の七の方は、蝦蟇蛙と違って徒党を組まない。一人で動いていたんだ。それに手口も鮮やかだった。金が盗まれたことに気づかないほどでね。商家の旦那が金の入った金庫や手文庫などを開けると、『七』と記された書付けだけが入っている。それで初めて、やられたんだと気づくんだよ。知らないうちに盗《と》られているんだ。そのやり口の見事さから、鎌鼬という異名が付けられたらしい」

「ほえぇ」

蝦蟇蛙の吉とは月とすっぽんだ。かなり格好がいい。もちろん虎太は人様の物を盗むような気はさらさらないが、それでもちょっと憧れる。

「この鎌鼬の七も捕まらずに、いつの間にか姿を消した。それから少し経《た》って吉の野郎が出てきたわけだ。蝦蟇蛙の呼び名は、鎌鼬と比べると手口が野暮だから馬鹿にして付けられたんだよ。鎌と蝦蟇で語呂を合わせたんだろうな。まあ、そういうことなんだが……実は俺の話に鎌鼬の七なんかまったく関わりがないし、蝦蟇蛙の吉でさえ、実はさほど大事ではないんだ。ただ、そういう男が頭目をやっている盗賊がいるとだけ分かっていればいい。虎太のせいで随分と前置きが長くなっちまったな。やっとこれで話の中身に入れる。ごめんよ、お悌ちゃん。待たせちまって」

佐吉はお悌に向かって頭を下げた。

お悌は「あら、いいんですよ」と軽く手を振ったが、そこで少し居住まいを正した。やはり少し飽きていたのだろう。

「……さて、それでは俺が仕入れてきた話を始めよう。深川の北森下町《きたもりしたちょう》に一軒の空き家がある。通り沿いにあって商売をするには悪くない場所だ。実際、前はそこに紙問屋があった。ところが押し込みにあってね、店にいた者がみんな殺されちまったんだよ。そう言えば分かると思うが、蝦蟇蛙の吉の一味の仕業だ。四、五年に一度くらいの、手口が荒いやつに当たっちまったんだな。聞いた話では、刃物で斬られたり刺されたりした者たちの死体があちこちに転がっていて、かなり酷い有り様だったらしい。そんな店だから、それから後は誰もそこで商売をやろうという人が現れずに空き家のままになっているんだ。しかも誰もいないはずなのに、たまに夜中に人の気配がするとかで右隣と裏の家も引っ越してしまった。左隣は茶漬け屋で今でも店を開いているが、店の者はわざわざ余所《よそ》に部屋を借りて、明るいうちだけ商売をやりに通ってきている。そんな薄気味悪い空き家なんだよ。しかしね、どこにでも頭の悪い……じゃなかった、度胸のある若者ってのはいるもんでね。ついこの間、そこへ肝試しに行った連中がいるんだ。三人組で、いずれも今年で十八になった商家の若旦那だという。俺はこの話を、そのうちの一人の永太郎《えいたろう》という男から聞いたんだが……」

空き家を前にした永太郎は怖気《おじけ》づいていた。肝試しなどやめればよかったと己の愚かさを悔いた。

昼間、明るいうちに一度、中に忍び込んでいる。その時は仲間の鶴七《つるしち》と房之助《ふさのすけ》が一緒だったから怖くはなかった。家の裏口から入り込み、梯子段《はしごだん》を上って二階の奥の部屋へ行き、それぞれの持ち物をわざと残してきたのだ。永太郎は煙草《たばこ》入れを、鶴七は最近手に入れたという猿が彫られた根付を、房之助は扇子を置いてきた。夜になってから今度は一人ずつ中に入って、それらを取ってくるというのが今回の肝試しである。

「お、俺から行くのかい」

暗い夜空を背に、なおいっそう黒い塊となっている空き家を見上げながら、情けない声で永太郎は訊いた。

「今さら何を言うんだよ」

房之助が心持ち震えているような声で答えた。こちらも怖がっているようだった。

前もって順番は決めてあった。永太郎が最初に入り、房之助が二人目、そして鶴七が最後だ。昼間入った時に平気だったので、永太郎は自ら一番手を申し出ていた。まさか夜になるとこんなに怖くなるなんて、と永太郎は今度は己の浅はかさを悔いた。

「房ちゃん、順番を替えてくれないかな。もし初めに行ってくれるなら、俺が残してきた煙草入れをあげるからさ」

「いらねえよ、あんな使い古し。それより永ちゃん、さっさと取りに行ってくれよ。あんまり遅くなると、お父《と》つぁんにどやされちまう。そうじゃなくても近頃は遊びすぎだと冷たい目で見られているんだからさ」

「ううっ、房ちゃんの家もかい。実は俺もなんだ」

永太郎は目を空き家の脇にある小さな木戸へ移した。右隣の家との間に、幅が半間にも満たない狭い隙間《すきま》がある。その入り口に設《しつら》えられている木戸だ。そこを通って奥へ進んでいくと空き家の裏口に出る。

「む、無理だよ。暗すぎる」

狭い隙間は闇に沈んでいる。当然、家の中も真っ暗だろう。三人は見つかったらまずいと考えて明かりを持ってきていない。だから手探りで進んで置いてきた物を取ってこなければならないのだ。

暗いというだけでも怖いのに、ましてやここは店の者が皆殺しにされた場所である。これは駄目だ。

「初めどころか、二番手でも三番手でも俺は行けない。房ちゃん、頼むから俺の代わりに煙草入れを取ってきてくれよ。そうしてくれたら、その煙草入れだけじゃなくて煙管《キセル》もあげるからさ。ついこの前、手に入れた銀のやつだ。もったいなくてまだ使ってないんだよ」

「いや、いらない」

「そう言わずに」

「さっさと行きなよ」

「そんなこと言わないで、頼むよ房ちゃん」

永太郎と房之助が押し問答をしていると、それまで黙っていた鶴七が口を開いた。

「銀煙管をくれるのか。それなら初めに俺が行ってやってもいいぜ」

「ほ、本当かい、鶴ちゃん」

「うむ。俺が残してきた根付と一緒に永ちゃんの煙草入れも取ってくる。永ちゃんは入らなくていいよ。その代わり銀煙管は間違いなく俺にくれよ。後になってやっぱりやらないなんて言うのは駄目だぜ」

「もちろんだよ。ありがとう、鶴ちゃん。一生の間、恩人だと崇《あが》めたたえるから」

「別にそこまでしなくていいよ。それじゃあ、行ってくる」

鶴七は後に残る二人に軽く手を上げ、それから木戸を通って奥へと進んでいった。

永太郎はその背中を感嘆の目で見送りながら、「助かった」と安堵《あんど》の息をついた。

それから房之助と二人、暗い中で鶴七が戻ってくるのを待った。しばらくすると鶴七のものらしき、唸《うな》り声とも叫び声ともつかない妙な声が聞こえてきたので、やっぱり鶴ちゃんも怖いんだと永太郎は少しほっとした。

さらに少しすると飲み屋帰りの酔っ払いと思《おぼ》しき男が通りかかったので、怪しまれないよう永太郎たちはいったん空き家から離れた。男をやり過ごしてから再び近くまで戻ったが、また誰かが来た時のことを考えて空き家の前までは行かなかった。暗い中でも何とか空き家脇の木戸が見えるという所に細い路地があったので、そこに身を潜めて鶴七が出てくるのを見張った。

「……ところがだ。待てど暮らせど鶴七が戻ってこなかったらしいんだよ。だいたい四半時くらいは経《た》ったと言っていたかな。さすがに心配になった永太郎と房之助は、二人で身を寄せ合って恐る恐る裏口へ回ったそうだ。すると裏口の戸はしっかりと閉まっていた。軽く動かそうとしてみたところ、内側で何かが引っかかっているのか開かない。昼間はあっさりと開いたのに、と首を傾げながら、二人は戸口の外から中にいるはずの鶴七に声をかけたんだが……」

空き家の中から返事はなかった。戸板越しだから確かなことは言えないが、中で何かが動くというような気配も感じなかった。

そこで永太郎と房之助は額を合わせ、これからどうするか相談した。中に入って鶴七を捜す、というのが誰もが考えることなのだろうが、怖がりの二人の口からは出なかった。永太郎は「ここで鶴七が現れるのを待とう」と訴え、房之助は「きっと鶴ちゃんは俺たちが空き家から離れた隙に帰っちまったんだよ。だから俺たちももう帰ろう」と言い張った。

結局、房之助の意見が通った。二人は狭い隙間を引き返すと元の通りへ出て、それぞれの家へと帰っていった。


「……その翌日、永太郎の家に鶴七の父親が訪ねてきた。うちの馬鹿息子が厄介《やっかい》になっていませんかって訊きに来たんだよ。どうやら鶴七が家に戻ってきていないらしいんだな。これまでにも遊び歩いて朝帰りすることはあったが、さすがにそういう時は家の者に断ってから出ていたようだ。しかし前の晩はそうじゃなかった。それで父親は心配になり、永太郎の家まで捜しにきたというわけだ。当然ここで永太郎は正直に昨夜のことを話すべきだったんだろうが、知らないと嘘をついてしまった。空き家とはいえ人様の持ち家に忍び込んだわけだからな。叱《しか》られると思ったんだ。昨夜は仲間三人で何をするでもなく町をぶらぶらと歩いたが、途中で鶴七は用があると言って別れた。その後のことは知らない、と告げた。そうして鶴七の父親が帰った後ですぐに、口裏を合わせるために房之助の家へ走ったんだ」

永太郎と房之助は再び額を合わせ、これからどうするか相談した。

正直に父親たちにすべてを打ち明ける、というのは今さらなのであり得なかった。しかしこのまま鶴七を放っておく、というのも二人は考えなかった。怖がりで愚かで浅はかな若旦那たちであるが、そこまで冷たい人間というわけでもなかったのだ。二人は散々頭を捻った挙げ句、とりあえずあの空き家に戻ってみることにした。

北森下町に着いてみると、空き家の前に五十手前くらいの男がいた。昨日は夜も昼間も閉じられていた家の表戸が大きく開いており、男はその前を箒《ほうき》で掃いていた。空き家の持ち主か、あるいは雇われた差配人だと思われた。

しばらくの間、二人は離れた場所から男を眺めた。掃除を終えたら元のように表戸を閉め、そこからいなくなるに違いないと思ったからだ。そうなるのを待ったのである。

ところが男はなかなか立ち去らなかった。いったん奥に引っ込んだのでやれやれと思っていたら、今度は手桶《ておけ》を出してきて、のんびりと水を打ち始めた。しかも休み休みだ。一つ打ったら腰を伸ばしてとんとんと叩《たた》き、また一つ打ったら今度は肩を揉《も》み始め、という具合だった。これでは男が帰る頃には日が暮れていそうである。

このままでは埒《らち》が明かないと考えた永太郎と房之助は、覚悟を決めて男の前に飛び出した。傍《はた》から見ていて優しそうな男だと感じたので、正直にすべてを話して家の中を見せてもらおうと考えたのだ。

男は急に現れた二人を胡散臭《うさんくさ》げに見ていたが、話を聞いてますます胡乱《うろん》な顔つきになった。しかし、これは肝試しのために勝手に忍び込んだ永太郎たちを責めて、というわけではなかった。すでに今日、空き家の中に足を踏み入れているが、「夜に裏口から」誰かが忍び込んだという気配はなかったというのだ。

男の名は平右衛門《へいえもん》といい、この空き家の持ち主だった。日本橋の大伝馬町《おおでんまちょう》にある太物《ふともの》問屋の主で、今日は店を番頭に任せてここの掃除に来たという。

「いつもはこの近くに住んでいる知り合いにこの家のことを頼んでいるんだよ。そうは言ってもその男がするのは、戸を開けて風を入れるだけだがね。掃除はたまにこうして私が来てやっている。それでだ、どうして『夜に裏口から』誰も忍び込んでいないと分かるかというとだね。実はここの裏口の戸は、夜は心張棒《しんばりぼう》を支《か》って開かないようにしてあるんだよ。出入りするのは、家の脇の木戸から裏口へと向かう途中にある窓からなんだ。知り合いの男はそこの雨戸を外して中に入り、裏口や他の戸を開けている。帰る時は裏口の戸に心張棒を支った後で、同じ窓から出て、表側から雨戸を嵌《は》めているんだ」

永太郎たちが昼間に忍び込めたのは、知り合いの男が飯を食いに行くなど、戸を開けたまま少しの間だけ家から離れた隙だったのだろう、と平右衛門は言った。

「……そう言われてみれば、前の晩は確かに裏口の戸は開かなかったと永太郎たちは気づいた。雨戸を外して出入りしているという窓は、家の横の木戸のすぐそばにあった。もし鶴七がそこを使って入ったとしたら、さすがに永太郎と房之助も気づく。だから、鶴七は裏口まで行ったが空き家の中には入れず、自分たちが見ていない隙に一人で帰ろうとしたのだろう、と二人は考えた。酔っ払いが通りかかり、少しの間だけ空き家から離れたことがあったからね。もしそうだとしたならば、まだ昼間に置いてきた物が二階に残っているはずだ。訊けば平右衛門は、その日は二階へは上がっていないという。そこで永太郎と房之助は平右衛門に頼み込んで、二階を見せてもらうことにしたんだ」

二人は平右衛門と共に梯子段を上がり、空き家の二階へ足を踏み入れた。

鶴七の姿はなかった。人が住んでいないので家財道具などは何も置かれておらず、がらんとしている。床に敷かれた畳も綺麗《きれい》だ。ただ永太郎は、何となくだが血の臭いを嗅《か》いだ気がした。それを平右衛門に告げると、この家はあの件があってからずっとこうなのだと言われた。いくら風を入れてもかすかな血の臭いが消えないのだという。

ここは店の者が皆殺しにされた家なのだ、ということを思い出し、改めて永太郎は身震いした。夏だというのに寒さまで感じながら、二階の奥の部屋へと進んだ。

部屋の隅に煙草入れと扇子、根付があった。昨日の昼間に置いたのと同じ場所で、向きなども変わっていない。まったくそのままで残っている。誰かが手を触れたという様子は微塵《みじん》も感じられなかった。

「……考えた通り、鶴七は空き家に入っていないのだろうということになった。だがそれなら、いったいどこへ行ってしまったのか。空き家から出た永太郎と房之助は、また額を合わせて考え込んだ。しかし、さすがにこれといった考えは浮かばない。そこで散々悩んだ挙げ句、結局は自分たちの父親に洗いざらい打ち明けたんだ。それなら鶴七の父親が来た時に話しておけばよかったのに、まったく浅はかというか、愚かだよな。案の定、二人は肝試しの件で叱られた。さらに永太郎は知らないと嘘までついているから、その点でもかなりこっぴどくやられたらしい。まあ、自業自得だから仕方あるまい。それはともかくとして、鶴七が行方《ゆくえ》知れずになったので大騒ぎになった。鶴七の家の者はもちろん、永太郎や房之助の家に勤めている奉公人などもすべて出て捜し回った。しかし見つからずじまいだ。俺はこの話を永太郎から直に聞いた。昨日、仕事で町を歩いていたら声をかけられてね。これこれこういう男を見ませんでしたか、と訊《たず》ねられたんだよ。当然だが、永太郎も鶴七を捜しているんだ。昨日で四日目だと言っていたかな。今日の昼間、ちょっと気になったから永太郎たちの家がある北六間堀町《きたろつけんぼりちょう》まで行ってみたんだけどね。やはり見つかっていないようだった。だから鶴七が行方知れずになって五日経ったわけだ。さあ、これで俺の話は終わりだ。どうだったたな」

佐吉は満足げに頷き、虎太とお悌、そして治平の顔を見回した。

誰一人として口を開かなかった。治平は困っているような、あるいは考え込んでいるような、とにかく何とも言えない顔で酒を舐《な》めている。お悌も同じような表情で自分の膝《ひざ》の辺りをもじもじといじっている。そして虎太は、どうしてこの話でそんな顔ができるのだ、と佐吉を横目で睨《にら》みながら団子をかじっていた。

三人が無言なのは、これが「幽霊話」として微妙だからである。かつて押し込みがあって店のみんなが殺されてしまった空き家が舞台になっているのは確かに怖い。そこへ肝試しに行った若者が忽然《こつぜん》と消えてしまった、というのも恐ろしい。だが永太郎の話によると、鶴七は結局そこへは入っていないようなのだ。そうなると、どう考えてよいか分からなくなる。怪談かもしれないし、遊び人の若旦那が姿をくらませただけかもしれない。まさに何とも言えない話なのだ。

「おいおい、どうして三人とも黙っているんだよ」

痺《しび》れを切らした佐吉が少しむっとした顔つきになって三人を眺め回す。その目がやがて、虎太へと向けられた。

「おい虎太、何とか言ってくれよ」

「えっ、俺ですかい」

「うむ、お前だ。どうだったよ、俺の話は。もしつまらなかったら、はっきりとそう言ってくれて構わないんだぜ」

「はあ……」

本当にそう言ったら佐吉は怒るはずだ。まず間違いない。しかし、そうなると言ってみたくなるのが虎太という男である。ここは嘘でも褒《ほ》めておくのが正しいと分かってはいるが、物は試しだ、と考えて虎太は言ってみた。

「はい、つまらない話でした」

「てめぇ、この野郎」

「ああ、やっぱり」

思った通りだ。怒られた。

「いいか、虎太。俺はね、自分のために怖い話を聞き集めているわけじゃないんだ。まずは亀八さんを捜すためだな。亀八さんが足を運びそうな場所を見つけること、それこそが何よりも大事なことだ。それから、貧乏な虎太のためでもある。今日の話だって、これをしたことで俺は一食分ここの飯が無代《ただ》になるんだが、そいつは虎太に譲るように義一郎さんに伝えてある。そんな俺がした話に対して、つまらないとよく言えたもんだな」

「はあ、申しわけありません。言われてみれば確かに、誰かが行方知れずになった話でも構わないんだった」

いなくなった亀八は怪談が好きだったが、必ずしも幽霊が出る話とは限らなかった。誰かが狐狸《こり》に騙《だま》されたとか、神隠しに遭ったとかいう話を聞いた時にも、その場所を訪れていたという。だからもしこの鶴七の件が亀八の耳に入ったら、姿を見せるかもしれない。

「佐吉さん、改めて謝ります。申しわけありませんでした。亀八さんを捜すためだと考えると、決して悪い話ではなかった」

「うむ、分かってくれればそれでいい」

佐吉は再び満足げな顔で頷いた。

虎太は横目でお悌の顔を見た。いつものにこやかな表情に戻っている。お悌の機嫌がよければ虎太も嬉しい。少し頰《ほお》を緩めながら治平へと目を移した。こちらもさっきとは違う表情をしている。「儂は当然分かっていたよ」という顔だ。虎太は腹が立ったので、顔をしかめて治平を睨んでやった。

「ふむ、そうなると今度は、その空き家を訪ねてみることを考えないと駄目だな」

すっとぼけた顔つきで治平が話し始めた。

「亀八さんが現れたら知らせてくれと近所の者たちにお願いしつつ、何日か泊まり込んで自分でも見張る。この役目はいつも通り、虎太にやってもらうわけだが……」

「俺が、ですか……まあ、そういう話になるでしょうね。ううむ、永太郎の話の中には幽霊が出てこなかったから、その北森下町の空き家に行っても構わないか。ああ、でも行方知れずになったのが男だってのがちょっと引っかかるな……」

前に虎太は、「神隠しの長屋」と呼ばれる場所へ行かされたことがある。かなり怖かったが、そこで神隠しに遭っていたのが女ばかりというのがせめてもの救いだった。結局は行方知れずになっていた女の幽霊が出てきて恐ろしい思いをしたが、虎太自身は消えることなく今も無事に古狸で美味いものを食っている。

しかし今回は虎太と同じ若い男がいなくなった。そんなところへのこのこ出かけて、何事もなく過ごせるとは思えなかった。近頃の虎太は運が悪いのだ。

それに、家の者が皆殺しにされた場所だというのが物凄く気になる。永太郎や平右衛門が見ていなくても、虎太もそうだとは限らないではないか。

――これは、空き家に泊まらないで済むやり方を考えた方がいいな。

お悌ちゃんが喜ぶ顔を見るために、そしてそのお悌ちゃんを嫁に貰《もら》う許しを得るために亀八を見つけ出さねばならない。それは間違いないが、危ない目や幽霊に遭うのは御免だ。わざわざ空き家そのものに泊まり込まなくても亀八を見張ることはできるのだから、そうなるようにうまく話を持っていきたい。

しかし、もし怖気づいていることがばれたら猫太と馬鹿にされてしまうかもしれない。それを避けるにはどのように話を進めればいいか……と虎太が悩んでいると、思わぬところから助け舟が出された。この話を仕入れてきた、当の佐吉からだった。

「いや、治平さん。実はその空き家に寝泊まりするのは無理そうなんですよ。今日、北六間堀町へ行ったついでに北森下町にも寄ってみたんですけどね。ちょうど例の空き家のすべての戸や窓に板を打ち付けているところだったんです」

「何だい、それは。どういうことだね」

「五十手前くらいの優しそうな丸顔の男がいたから、もしかしたらと声をかけてみたんです。思った通り空き家の持ち主の平右衛門さんでした。話を聞いてみると、空き家に入れなくしたんだと言われました。鶴七は多分そこへは入らず、別の場所へ行って行方知れずになったと思われる。しかし、それでも自分の持ち家に忍び込もうとした後で姿を消しているわけですからね。平右衛門さんも胸を痛めているそうなんですよ。それで、また肝試しをやろうなどと考えた若者が入り込めないように、戸や窓をみんな塞いでしまったんです。知り合いをここへ泊まらせたいんだが、と訊いてみたんですが、平右衛門さんは激しく首を振りました」

「そうか……まあ仕方がない。亀八さんらしき人を見かけたら知らせてくれと近所の人たちに頼むだけで、この空き家の件は終わりかな。一家皆殺しがあった家での神隠しという、なかなか面白い話だっただけに残念じゃ。虎太はほっとしているかもしれんが……」

治平はそう言いながら虎太へ目を向けた。

虎太は、心の中では諸手《もろて》を挙げて大喜びしていたが、表情には一切出さなかった。すっとぼけた顔つきで「いやあ、残念だなぁ」などと呟く。治平はそんな虎太を見て、顔をしかめて睨みつけてきた。

その時、店の隅から咳払いの声が聞こえた。お悌が弾《はじ》かれたように立ち上がる。虎太がそちらへ目を向けると、千村新兵衛が座敷から土間へと下りていた。どうやらお帰りのようだ。お悌が見送るために戸口のそばへと寄っていく。

少し離れた場所に座っていたが、この人はこちらの話をずっと聞いていたのだろうか、と思いながら虎太も千村の動きを目で追った。すると戸口をくぐる寸前、千村は横目でちらりと虎太の方を見た。しかしそれはほんのわずかの間のことだ。目が合ったと思ったらすぐに千村は顔を背けた。

「ありがとうございました。またおいでください」

お悌が千村に頭を下げる。千村は「うむ」とだけ言い、振り返らずに店を出ていった。

い。

——ええと……。

もしかしてあれは、俺を呼んだのかな。

虎太は首を捻った。相手は定町廻りの同心だ。しかも自分は命を救われたり、修業先に戻る件で世話になったりしている。だから、もしそうなら行かなければならない。

——だけど、なんか嫌な感じだな。

あの話を聞いた後だけに、どうしてもそう思ってしまう。

それに常連客も含めた古狸の者に自分の正体は教えるな、と千村に言われている。もし話をしなければならないとすると、少し長く店から離れるようになる。怪しまれず、そしてお悌ちゃんの手前あまり格好が悪くならずに店を抜け出す手を考えなければならないが、それはちょっと難しい。

——行くのはやめるか。無理だった、と後で謝ればいいだろう。

虎太がそう思っていると、お悌が「そろそろ蕎麦屋の方を閉める頃だから、そっちを手伝いに行くわね」と断って店の奥へと消えていった。

お悌の姿を見送りながら、虎太は「ちっ」と舌打ちした。お悌がいないのなら、どんなに格好が悪い手でも使える。きっと千村はその辺りのことも考えて、頃合いを見計らって出ていったに違いない。

相手の方が一枚上手か、と諦《あきら》めながら、虎太は「痛《いて》てて」と腹を押さえた。

「どうしたんだね、急に」

治平が心配そうな声で訊いてきた。

「いえね、どうも今日は腹具合がおかしくて、朝から何度も厠へ行っているんですよ。今もまた痛くなってきた。ああ、漏れるかも」

「おいおい、汚いな。さっさと厠《かわや》へ行きなさい」

「はあ、それでは行ってまいります」

虎太は土間に下りた。古狸では、厠は裏の長屋にあるものを使っている。客がそこを使う場合、いったん表の戸口を出てから店の脇を通って裏へ行くことになっていた。

「ちょっと長くかかるかもしれませんが、お二人はどうぞごゆっくり」

虎太は治平と佐吉にそう告げて戸口をくぐり、千村の後を追った。

三

「ふぅん、お前さんが千村の旦那と知り合いねぇ……」

権左《ごんざ》という名の四十過ぎくらいの男が、虎太のことを胡散臭げにじろじろと眺めた。

どういうわけか虎太は、初めて会う人間からよくこういう目で見られる。だから今さら気にはならなかった。ましてやこの権左は、虎太たちが今いる北森下町やその近くを縄張りにしている岡っ引きなのだ。下手に口答えしたらこちらが損をするだけなので、虎太は「はあ、その通りです。えへへ」とだけ言っておいた。

「ううむ、奉行所きっての切れ者と言われている千村の旦那と、お前みたいなぼんくらが知り合いとは……世の中ってのは分からねぇことがたくさんあるな」

権左の目つきがますます悪くなる。岡っ引きをしているせいなのかは分からないが、どこか蛇を思わせる嫌らしい目をした男だ。虎太は、こいつは蛇男《へびおとこ》だな、と心の中で思った。

「それで、千村の旦那に命じられてここへ泊まり込むことになった、という話だったな」

権左は虎太から目を外し、前に建っている家を見た。かつて蝦蟇蛙の吉の一味によって住んでいる者たちが皆殺しにされ、さらについ先日にはここへ肝試しに来た若者が姿を消してしまったという、例の空き家だ。

虎太が古狸で、佐吉からこの家で起きた件について話を聞いたのは昨日の晩のことである。その後で虎太は、千村に店の外へ呼び出された。行ってみると千村は近くの路地に配下の者たちと一緒にいて、羽織を着たり十手を腰に差したりしていた。そうして虎太の顔を見ると、「俺が平右衛門に話をつけておくから、お前あの空き家に泊まりに行け」と告げたのだ。

特に何か深い考えがあるというわけではなさそうだった。ただ虎太がそこに行けば何か起こるかもしれない、と考えただけのことらしい。千村は役目柄、蝦蟇蛙の吉の一味が今も野放しになっていることを気にしている。だから、わずかでも手掛かりのようなものが出てくればいいし、もし出なくても虎太が怖い思いをするだけだ、ということだった。

はっきり言って虎太は嫌だった。しかし千村に抗《あらが》えるはずもなく、その翌日にこうしてのこのこと北森下町にやってきたのである。

虎太の勤め先の親方は千村のことを知っているので、正直に今回のことを話して早めに仕事を上がらせてもらっている。だから今はまだ夕方で、辺りは明るい。

「まあ、千村の旦那の頼みだから聞かねばなるまい。平右衛門さんはご不満でしょうが、この男を泊めてやってください」

権左は、一緒にいる平右衛門へと目を移した。

「うむ。私は千村様とは知り合いではありませんでしたが、わざわざ大伝馬町のうちの店までご本人が訪ねていらっしゃいましてね。虎太という男のことをよろしく頼むと言われてしまいました。町方のお役人様にお願いされては仕方ないでしょう」

平右衛門は不承不承、という感じで頷いた。それから空き家の脇の木戸の方を指差した。

「すでに知り合いにお願いして、いったん打ち付けた板を外してもらいました。通り側の表戸だけは閉じられていますが、木戸のすぐそばにある窓も開いているし、裏口からも入れます。それから、蚊帳《かや》まではありませんが敷布団《しきぶとん》だけはご用意しました。ですから今晩から泊まれます。しかしですよ、虎太さんとやら……」

平右衛門は虎太へと顔を向けた。

「……私は、鶴七という若者がいなくなってしまったことが気になっているのです。

この家の中で消えてしまったというわけではなさそうですが、それでもここへ肝試しに来てのことですからな。そのため私の店からも人を出して鶴七さんを捜しているのですが、まだ見つかっていない。ご両親のお気持ちを思うと胸が痛みます。ですから、ここへ虎太さんが泊まることに私は反対なのです。万が一、虎太さんにまで何かあったら大変ですからな。しかし、千村様のお頼みでは仕方ありません。泊まってくださって結構です。ただし……」

平右衛門はちらりと権左を見た。

「……お一人だけでは心配なので、こちらにいる親分さんも一緒に泊まっていただきます。すでに虎太さんが来る前に、そう話がついております。あとは虎太さんが承知してくだされればいいのですが、いかがでしょう。構いませんか」

「は、はあ……」

もちろん願ったり叶《かな》ったりだ。たとえ目つきの悪い蛇男でも一緒にいると心強い。いや、むしろそんな男だからこそ、もし幽霊が出たら遠慮なく盾《たて》に使える。

「……分かりました。それでは親分さんも一緒ということで」

虎太がそう告げると、平右衛門はほっとしたような顔で頷いた。

「これで少しは安心しました。さて、それでは中をご案内いたしましょう。一応、私はここの持ち主ですからな。勝手に入ってくれ、では格好がつきませんので」

平右衛門は先に立って、木戸を通った。そのまま奥へと向かっていく。そのすぐ後ろに岡っ引きの権左が続いた。

虎太は空き家へと目を向けて一つ大きな溜息《ためいき》をつき、それから二人を追いかけた。


雨戸がすべて取り払われているので、空き家の中は明るかった。

虎太たちはまず一階を見回った。表通り沿いの商家でそれなりに広い。裏口を開けるとそこは台所として使っていたらしき土間で、上がると虎太の住んでいる部屋くらいの広さの板敷きの間になっている。二階に上がる梯子段がその隅に見えた。

板敷きの間の先には六畳間が二つ続いていて、その向こうが帳場と店の土間だ。さらに六畳間の脇にそれぞれ狭い部屋がある。裏口側の方は女中などが寝るための部屋だろう。帳場に近い方は、どうやら物置部屋として使うもののようだ。

襖もすべて開け放たれているので、虎太は裏口に近い側の六畳間の真ん中に立って家の中を見回した。平右衛門が言っていたように部屋の隅に敷布団が畳まれているが、置かれているのはそれだけだった。どこもすっきり、さっぱりしている。

もちろんここは空き家なのだから、それは当たり前のことだと虎太にだって分かる。しかし、それにしても綺麗すぎる気がした。

どうしてだろうと首を傾げつつ、虎太は辺りに目を配った。

「……平右衛門さん、ここの壁板は真新しいように見えますね。それに畳表も、張り替えてからさほど経っていないみたいだ」

「おや、お気づきになりましたか」

綺麗であることを言われたのだから少しは嬉しそうな顔をするのかと思ったが、なぜか平右衛門はそこで、はあ、と大きく息を吐き、肩を落とした。

「どうかされましたか」

「いえね、実はここ、騙されて買ったんですよ」

「へ？」

「私は知らなかったのですよ、ここに住んでいた方々が皆殺しにされたってことを。まあ、騙されたというより隠されたという感じでしょうか。表通り沿いにある商家の建物で、いい出物があったので飛びついてしまったのですよ。私は日本橋の大伝馬町で商売をしていますから、この深川の辺りのことは詳しく知らなかったのです。蝦蟇蛙の吉という盗賊の名はむろん耳にしていますし、少し前にこちらの方で押し込みがあったというのも聞いていましたが、まさかここがそうだとは思わないではありませんか」

「は、はあ……」

家一軒という大きなものをよく調べずに買うなんて呆《あき》れてしまう。大伝馬町に店を構えるお金持ちだからであろうか。虎太など饅頭《まんじゅう》一個買うのにも悩むというのに。

「ここが押し込みにあった家だというのは手に入れてから知りました。この近くに住んでいる人に教えられたのです。もう、びっくりですよ。何とか借り手を探してみたのですが、案の定、そんな人はおりませんでね。それでも何とかしようと思って、大工を入れたり畳屋を頼んだりして家の中を造り直したんです」

「だけど、それでも……」

「借りようという者は見つかりませんでした。だからここは私が手に入れてからずっと空き家です。造り直してから少し経っていますが、南側の表戸はほとんど締め切りですからね。それで壁板も畳表もあまり日に焼けずにいつまでも真新しく見えるんですよ」

「な、なるほど……」

少し気の毒な話だ。虎太が同情の目で見ていると、平右衛門はまた一つ大きく息を吐き出した後で、梯子段の方へと腕を伸ばした。

「下はもう十分でしょう。二階を見るとしましょうか」

今度は権左が先頭になって梯子段を上がっていった。その後ろに平右衛門が続き、虎太はまた最後に二人の後についていった。

二階はやや広めの部屋が二つ、縦に並んでいた。手前の梯子段のある方の部屋の隅に、一階にあったのと同じように敷布団が畳まれている。

なぜ上と下、両方に布団があるのだろうと虎太が首を傾げながら眺めていると、その様子に気づいたらしく平右衛門が口を開いた。

「先ほど申し上げたように、ここには虎太さんだけでなく、万が一のことを考えて親分さんも一緒に泊まっていただきます。しかし、もしかしたら虎太さんがうっとうしく感じられるのではないかと思って、離しておいたのです」

「はあ、左様でございますか」

つまり、どちらか一人は一階に、もう一人は二階に分かれて寝ろということらしい。すぐそばで蛇男が寝ているというのは確かにうっとうしいので、もしここが何事もない家だったらありがたい話だ。だが残念ながらここは人殺しのあった家である。余計な気遣いだ。

ううむ、と唸りながら虎太は敷布団から目を離し、部屋の様子を眺めた。一階と同じように間を仕切っている襖《ふすま》は開け放たれているので隣の部屋まで見える。物が置かれてなくてすっきりしている。それにやはり一階と同様、壁板や畳表が真新しく見える。しかも一階を見た時よりも強くそれを感じた。

なぜだろうと見回し、目を上げてみて虎太ははたと気づいた。

「二階は天井板まで張り替えているのですね」

「その通りです」

平右衛門はまたがっくりと肩を落とし、大きく息を吐いた。

「ここで押し込みがあったと知ってから気づいたのですが、よく見ると天井に血が飛び散っていたのですよ。近くに住んでいる人から聞いたのですが、賊に襲われた時、店の主とおかみさん、息子夫婦、それに女中さんが下で寝ていて、二階は男の奉公人たちが使っていたそうなのです。当然、賊はまず一階に踏み込みますよね。初めに店主とおかみさんを殺したらしい。息子夫婦と女中さんはその音で目覚め、二階へと逃げました。しかし後を追ってきた連中に斬られてしまった。男の奉公人たちも同じです。つまり、二階でより多くの人が殺されたのですよ。死体が積み重なって、かなり酷い有り様だったと聞いています。ここを私に売った前の持ち主はさすがに畳表こそ張り替えましたが、壁板は拭くだけ、そして天井板までは気が回らなかったらしい。

それで私が大工を入れた時に天井も直してもらったんですが……まあ、無駄になりましたね」

　この平右衛門も、そして賊に殺された者たちも本当に気の毒だ。虎太は気が塞《ふさ》ぐと同時に、蝦蟇蛙の吉とかいう野郎に怒りを覚えた。

「……ここでくどくど言っても始まりません。さて虎太さん、それから親分さん、これでひと通り家の中を見て回りましたが、どちらをお使いになりますか。一階で寝るか、それとも二階に床をとるかということですが……」

　平右衛門が虎太と権左の顔を交互に見た。

「あ、ああ、それはですね……」

　権左が何か言う前に、虎太は素早く口を開いた。すでに腹は決まっている。これは譲れない。

「お、俺は下で寝たいのですが。実は腹具合があまりよくなくて、朝から何度も厠へ行っているんです。それで夜中に起きるかもしれないので……」

　昨日と同様、もちろんこれは嘘である。人がたくさん殺されている二階で寝たくないだけだ。

「俺はどちらでも構わないよ」

虎太の様子を横目で見ながら、権左は少し口元を歪《ゆが》めた。笑うのを我慢しているような顔だ。虎太が二階を怖がっていることを見透かしたのかもしれない。

「それでは、私はこれで大伝馬町の店に帰らせてもらいます。後のことは親分さんにお任せしますが、虎太さんはくれぐれもお気をつけください。行方知れずになったりしませんように」

平右衛門が最後に嫌な言葉を残して梯子段を下りていった。権左が後ろからついていく。これは多分、平右衛門を見送るためだろう。

二階に残された虎太は、天井や壁などをひとしきり眺め回して身震いした。そして、俺も見送った方がいいな、と急いで梯子段を駆け下りた。

四

虎太はいったん北森下町の空き家を離れ、久松町にある自分の長屋へと帰った。猫の忠のためだった。今夜は泊まりになるから、こいつをどうにかしなければならない。

忠も慣れているので、古狸に預けるのが一番いい。しかしこれはちょっと難しい気がする。古狸の者たちには千村の正体を隠しているので、どういういきさつであの空き家に泊まることになったのかを訊かれたら答えに窮してしまう。

他に思いつくのは、虎太の同郷の兄貴分の友助《ともすけ》だ。面倒見がよく、懐の深い男であるから、頼めば嫌な顔せず預かってくれると思う。それに友助は今、下谷《したや》の坂本町《さかもとちょう》にある大松《おおまつ》長屋の表店に一人で住んでいるが、これもいい。猫一匹くらい何ということもない広さだ。

ただ友助は、前はよく虎太の長屋を訪れてきたが、近頃は仕事が忙しいのかあまり来ていない。だから忠ともほとんど顔を合わせていなかった。見慣れていない人、そしてまったく知らない家に預けられるのは、猫にとってどうなのだろうか。

友助が駄目だとすると、虎太が仕事に行っている間にいつも忠を見てもらっている、同じ長屋の居職の職人に預かってもらうしかない。忠も慣れているから実はこれが一番いい。しかし友助にしろこの職人にしろ、預けた場合に一つだけまずいことがある。それは朝になると義一郎が虎太の部屋にやってくることだ。ここで虎太がいないことがばれてしまう。

この難題をどう切り抜けるか、と虎太は必死で頭を捻った。そしてあれこれ悩んだ挙げ句、結局は古狸に忠を預けにいった。

ただし、あの空き家に泊まることは内緒にしなければならない。そこで虎太は、勤め先の親方に使いを頼まれて明日の早朝から江戸を離れることになった、と嘘をついた。疑われるかな、と思ったが、忠が来たことでお悌も義一郎もそちらの方ばかりを気にして、虎太は放っておかれた。ほっとしたが、少し寂しかった。

それにしても腹具合が悪いとか江戸を離れるとか、近頃はやたらと嘘をついている。法螺《ほら》は吹くけど嘘は言わないことが自慢だったのに、と肩を落としながら虎太は再び北森下町へと向かった。

「……随分とゆっくりだったな。恐れをなして逃げたのかと思ったぜ」

空き家に着いて裏口をくぐると、入ってすぐの板敷きの間に権左がいた。虎太が戻るのを待っていたようだ。

「ああ、申しわけない。馴染《なじ》みの店が浅草にありましてね、晩飯を食いにそこまで行っていたものですから」

「そろそろ夜の四つになる頃だ。俺は二階へ上がって寝させてもらうぜ。お前さんは起きていようが寝ようが好きにしていいが、もし眠るのであれば火の元に気をつけてくれよ。そこの土間に置いてある瓦灯《がとう》は点《つ》けっぱなしでいいが、行灯《あんどん》は消すようにな」

「へ、へい。それはもう」

「うむ、頼んだぜ」

権左は梯子段を上がっていった。姿が見えなくなってからも、虎太はしばらくの間じっと動かずに二階を見上げていた。するとすぐに、点《とも》っていた行灯の明かりが落とされて二階が暗くなった。言葉通りに権左は横になったらしい。

さて俺はどうするかな、と虎太は一階を見回した。夕方に入った時と変わらず、襖がすべて開けられているので、表通り側の帳場の方まで見通せた。しかしそうは言っても行灯は板敷きの間のすぐ隣の、布団がある部屋に置かれているので、帳場はほとんど闇に沈んでいる。

これは怖い。闇の奥から得体の知れない何かが出てきそうだ。虎太は布団がある部屋に入ると、帳場側の襖を閉めた。

これで目に入るのは、裏口のある台所の土間と、そこを上がった板敷きの間、そして今いる部屋だけだ。少しだけましになった。しかしまだ安心はできない。はたして布団のあるこの部屋で寝ていいものなのか。

虎太は、万が一の場合を頭に浮かべた。つまり、幽霊が出てしまった時のことだ。現れるとしたらここで殺された者たちだろう。それなら大勢が死んでいる二階が危ない。

幸いそこには権左がいる。もし幽霊が出たら、まずあの蛇男が気づくはずだ。虎太が逃げるだけの間が作れそうである。

ただし、逃げる方向を間違えないよう気をつけねばならない。表戸にはしっかりと閂《かんぬき》がかけられている。もちろん内側から開けられるが、暗い中でもたもたしている間に幽霊が襲ってくるかもしれない。だから逃げるなら裏口だ。心張棒くらいは支ってから寝るが、そんなものはすぐに外せる。

次に虎太は、一階に幽霊が現れた場合のことを考えた。平右衛門の話では、一階で殺されたのは店主とそのおかみさんだった。主がわざわざ狭い部屋に寝るとは思えないし、ましてや帳場に布団は敷かないだろう。台所の横の板敷きの間に寝るのも変だ。だから二人が寝所にしていたのは今いるここか、隣の部屋に違いない。

——そうなると、俺が寝る場所は一つだな。

虎太は板敷きの間まで布団を引っ張っていった。梯子段はそこの隅にある。裏口もすぐだ。ここなら幽霊が一階に出ようが二階に現れようが、素早く逃げられる。

ほっとひと息ついた後で、虎太は裏口の戸に心張棒を支った。それから初めに布団が置いてあった部屋に行き、行灯の火を消す。そして板敷きの間に戻って、隣の部屋との間の襖をぴったりと閉じた。

――これで支度は整ったな。

あとはぐっすりと眠るだけである。万が一を考えて色々と動き回ったが、一番いいのは幽霊が出ないこと、あるいは出ても気づかずに眠り続けることだ。千村新兵衛は虎太がここに泊まると何か起きるのではないかと思っているようだが、その期待に添うつもりはない。望み通りに泊まってやっただけでも十分だ。何もなかったと知らせて、がっかりさせてやる。

敷布団の上に横になり、虎太は目をつぶった。人がたくさん殺された家だからなかなか眠れないだろうと考えていたが、案外とすぐに眠りに落ちていった。

虎太は夢を見た。

草が生い茂った場所に立っている。夜のようで辺りが暗く、ほとんど周りが見通せないが、それでもかなり寂しい所だというのが感じられた。かすかに水の流れる音が聞こえるので、近くに川があるようだ。

江戸の町中ではなさそうである。ここはどこだろう、それにどうして俺はこんな場所にいるのだろう、と思いながら辺りを見回す。

虎太は目がやたらといい。夜目も利く。それは夢の中でも変わらなかった。少し離れた所に数人の男たちがいるのが見えた。丸く輪になって、ごそごそと何かをしている。その動きから、何かを埋めているのだと分かった。

しばらく眺めていると、男たちはそそくさという感じでその場から離れ、闇の奥へと消えていった。他に人の気配はないので、闇の中で虎太は一人だけになる。

さっきまで男たちがいた場所へと虎太の目が引き付けられた。こんな夜中に、周りに人家のない寂しい場所に何かを埋めていた。あからさまに怪しい男たちだ。

碌でもないことをしていたに決まっている。何を埋めたかは分からないが、人に見られては困るものに違いない。

あの連中が戻ってこないとも限らないし、余計なことに関わって面倒なことに巻き込まれても困る。埋められているものに興味はあるが、見ない方がいいと虎太は思った。

しかし、そうなると見てみたくなるのが虎太という男である。素知らぬふりをして自分もすぐにここを立ち去るのが正しいと分かっているが、物は試しだ、と考えて男たちがいた場所へと近づいていった。

草を被せて隠されていたが、手で払いのけると明らかに周りと土の様子が違っていた。この下に、あの連中が埋めた何かがある。

板切れか、せめて棒のようなものはないかと辺りを見回したが、そのような物は落ちていなかった。仕方がない、手で掘り返すか、と虎太は腰を屈《かが》めた。

だが、虎太は途中で動きを止めた。ここには何か嫌なものが埋まっている、見てはいけない、見たら必ず後悔する、という思いが湧《わ》き上がってきたのだ。

古狸に出入りするようになって以来、何度も恐ろしい目に遭ってきた虎太だからこそ働いた勘のようなものである。

虎太は腰を伸ばした。改めて、ここはどこだろうと辺りを見回す。自分は北森下町にある空き家で寝ていたはずだ。それなのにどうしてこんな場所にいるのか。

何かに呼ばれたのか。もしそうだとすると、その相手はあの去っていった連中ではない。そいつらが埋めていった、今この足下にある……。

突然、埋め跡の土がぼこりと盛り上がった。虎太が考え込んでいるので、そこに埋められていたものが痺《しび》れを切らしたかのようだった。

そこから出てきたのは腕だった。やや細めで色白だが、明らかに男の腕だ。

虎太はとっさに身を引いた。しかしわずかに遅かった。土の中から現れた手が一瞬早くその脚をつかんだのである。

後ろに下がろうとしたところだったので虎太は尻餅《しりもち》をついた。必死に体を捻り、這って埋め跡から離れようとする。だが、手はがっちりと脚をつかんでいた。逃げることができない。

しかも虎太に引っ張られる形で、腕が徐々に土の中から外へと出てきていた。初めは肘《ひじ》の辺りまでしか出ていなかったのに、今はもう肩の辺りまで見えている。

このままではいずれ顔や体まで出てくる。そう思った虎太は、大きく叫びながら渾《こん》身《しん》の力を込めて脚を引いた。

鋭い痛みを感じたが、同時にするりと脚が男の手から抜けた。

虎太はほっとした。その途端、眠りから覚めた。

「……おい、叫び声が聞こえたが、どうかしたのか」

上の方から声が降ってきた。そちらに目を向けると、権左が梯子段の上からこちらを覗き込んでいた。

「ああ、いや、何でもありません。ちょっと嫌な夢を見てしまいまして」

虎太がそう返事をすると、「ふざけんな」と言って権左は顔を引っ込めた。

ほっ、と息をつきながら虎太は周りを見回した。土間に置いてある瓦灯は油が切れたのか、いつの間にか消えていたが、それでも辺りの様子がうっすらと見える。そこで裏口へと目を向けると、隙間からかすかな光が漏れていた。どうやら朝のようだった。

もう寝直す気にはなれない。虎太は立ち上がり、土間に下りた。心張棒を外して裏口の戸を開ける。

お天道様《てんとさま》はまだ昇っていなかったが、白々とした朝の光が周囲に広がっていた。見上げると、家の軒越しに雲一つない空が目に飛び込んできた。今日も暑くなりそうだった。

虎太は大きく伸びをした。爽《さわ》やかな朝だが、嫌な夢を見たために気分が優れない。それに、なぜか脛《すね》がひりひりと痛かった。

空から目を転じ、虎太は下を向いて自分の脛を見た。

赤くなっている。夢の中で土から出てきた手に握られていた場所だった。

虎太は脚を持ち上げて顔を近づけた。よく見ると、くっきりとした手の形が脛の辺りに残っていた。

五

「それでですね、驚いたことに毛がなかったんですよ。俺の脛毛はあまり濃くないけど、一本一本が長いんです。多分、つかんでいた手が離れた時に抜かれたんだと思います。もう赤い手の跡は残っていないけど、毛がないのは分かりますよ。ほら、よく見てください」

虎太は脚を突き出した。

数日後の、伊勢崎町の路地裏である。いつものように虎太が檜物《ひもの》作りの仕事をしていると、権左が訪ねてきたのだ。一緒に来いと言われたので親方に断ってついていくと、権左は狭い路地へと入っていった。何があるのだろうと首を傾げながら虎太も後に続いた。すると奥まった所に千村新兵衛が配下の者たちと待っていたのである。

「ほら、千村の旦那、よく見てくださいって」

「見たくねぇよ、そんな汚い脚。引っ込めろって。そもそも俺が聞きたいのはそこじゃねぇんだよ」

あの不気味な夢を見て目覚めた朝、千村は空き家を訪ねてきた。その時に一度、夢の話をしている。その後しばらく千村からは音沙汰がなく、今になってまた改めて夢の内容を教えてくれと言われたので懸命に話していたところだ。だが残念なことに、熱を入れる場所が違ったらしい。

「それならどこが聞きたいのですかい」

「数名の男たちがいたと言っていただろう。埋めていたやつらだ。そいつらの人相とか風体は分からないかな。みんなじゃなくてもいい。一人だけでも構わないんだが」

「ううん、暗闇の中でもぞもぞと動いていただけですからねぇ」

「そうか……」

残念だな、と呟いて千村は首を振った。周りにいる配下の者たちも、がっかりしたような顔をしている。

「どうしたんですかい、千村の旦那も、他の皆さんも。たかが夢の話じゃありませんか。それをさも大事なことのように……」

「それがな、『たかが夢』ではなかったんだよ。俺は一度、お前の夢の話を聞いているだろう。それで念のため、こいつらや目明し連中に川沿いを歩かせたんだ。北森下町は小名木川《おなぎがわ》や竪川《たてかわ》に挟まれているから大変だったが、流れのそばに何かを埋めたような跡や、掘り返したような跡がないかを探させたわけだ。そうしたら、中川《なかがわ》まで行っちまったところでようやく見つかったよ。そしてそこから、思った通りのものが出てきた」

「い、いったい何が出て……ああ、やっぱり答えなくていいです」

訊くまでもないことだ。千村は『たかが夢』ではないと言った。多分、虎太が夢で見たような場所から、夢で見たようなものが出てきたということだろう。

夢の中では動いていたが、土に埋められて生きているとは思えない。だから、きっと出てきたのは死体に違いない。

「うむ、言われなくても『何が』などというつまらない問いに答える気はないよ。決まり切っているからな。いいか虎太、そこは『誰が』と訊くべきだ」

「そこまで調べがついているんですかい」

「死んでからだいぶ日が経っているし、ましてや夏だから死体はかなり傷《いた》んでいた。身内の者でも顔つきから判じるのは難しいかな、と思うくらいだった。しかし、例えば着物の柄とか、懐に残っていた煙草入れとか、身元の分かりそうな物が色々とあったんでね。父親や店の者を呼んで確かめてもらった。見つかった死体は、鶴七で間違いないようだ」

「うわ……」

何とも嫌な結末である。

「斬られた跡があったから、鶴七が何者かに殺されたのは明らかだ。死体なんか、川に流しちまえばたいていは面倒を避けて放っておかれ、そのまま海まで流れちまう。しかし万が一、橋杭《はしぐい》などに引っかかって、仕方なく俺たち町方に届けられる場合もある。殺した連中はそれを恐れて、川に流さずに埋めたんだと思う。周りに田畑しかない藪《やぶ》の中で、そばに肥溜《こえだ》めがあったから臭いで気づかれる心配があまりない場所だった。お前の夢がなかったら、多分ずっと見つからずに骨になっていただろうな」

「それならあんな夢でも見た甲斐《かい》があったってものだ。せめて、ちゃんと弔ってやらないと可哀想ですからね。それに、これで千村の旦那の知るところとなった。当然、殺した野郎を捕まえてくださるんでしょうね」

「だから、埋めていたやつらの人相風体が分からないかとお前に訊ねているんだ。きっと鶴七は、そいつらに殺されたんだと思うのでね」

「ああ、そういうことか」

虎太は再びあの夢の内容を頭に思い描いた。しかし無理だった。見てから数日が経っているので、かなりおぼろげになっている。顔どころか、体つきさえ忘れかけている。

「申しわけありません。駄目みたいです」

「ふうむ、そう都合よくはいかないか。まあ、仕方ないな……もし思い出すようなことがあったら俺に教えてくれ。いずれにしろ鶴七は、あの空き家の辺りで行方知れずになっているのは確かだ。一緒に肝試しに行った永太郎や房之助の話では途中で酔っ払いが通りかかったりもしたようだから、北森下町やその周りの町々を探せば、鶴七の姿を見たという人も出てくるかもしれない」

「旦那、それは私にお任せください」

それまで千村の配下の者たちの後ろで畏《かしこ》まっていた権左が、すっと前に出てきて口を挟んだ。

「あの辺りは私の縄張りでございますからね。表通り沿いの住人から、裏の横丁にうろついている犬や猫まですべて知っています。鶴七らしき男を見た者がいないか、しらみ潰しに訊いて回りましょう」

「うむ、そうか。ならばそれは権左に頼むとするか。犬猫はともかくとして、なるべく多くの人に当たってみてくれ。飲み屋に出入りしているような者はもちろんだが、他にも夕涼みでぶらぶらしていた者がいたかもしれん」

「へい、お任せを」

権左はきりりと顔を引き締めて返事をすると、すすすっ、と後ろに下がってまた千村の配下の者たちの陰に隠れた。

古狸にいる時の千村はむすっとした顔で団子を食っているだけの、風采《ふうさい》の上がらない二本差しであるが、こういう権左の姿を見ると、やはりそれなりの人なんだな、と虎太は思った。

まあ、たまに意地の悪いところを見せるのは困りものだが……と顔をしかめながら千村の方へ目を戻す。すると、まさにそんな顔つきで千村は虎太を見つめていた。

何かまた俺に嫌なことを頼むつもりかもしれない、と虎太は身構えた。

「……そうそう、一つ面白いことがあったんだ。虎太、お前の夢の中で土の中から腕が出てきただろう。実は鶴七の死体も腕が土から飛び出していたんだ。それでうまい具合に見つかったわけだが、これは不思議なことだと思うぜ。鶴七を殺した連中は死体を隠すために埋めたんだ。それなら腕までしっかりと土を被せたはずだからな。もしかしたら本当に鶴七は、お前の脚をつかんだのかもしれない」

「へ？　いや、まさか……」

自分はその時、あの空き家の中で寝ていたのだ。それは間違いない。そして鶴七の死体は離れた川辺にあった。実際に脚をつかめるはずがない。

もしそれがあり得るとしたら、生霊《いきりょう》として自分が川辺に現れたということになるが、それは馬鹿げた考えだ。生霊なんてそんなものが……。

いや、いる……と虎太は思った。ついこの前、自分はお久の生霊を見たではないか。そうなると、本当に自分は鶴七に脚をつかまれて……。

「旦那、一つお訊ねしたいことがあるんですが」

「なんだ？」

「鶴七の死体は、俺の脛毛を握っていましたか」

「……知らねぇよ。たとえ鶴七が抜いたのだとしても、お前が夢を見てから数日経っているからな。風で飛んでいっただろうよ、そんなもの。神妙な顔で何を訊くのかと思えば、馬鹿なことを言い出しやがる。まったく碌でもない野郎だな、お前は……だが、俺にとっては面白い男でもある。思った通り、虎太があの空き家に泊まったら不思議なことが起こった。蝦蟇蛙の吉によって住んでいた人たちが皆殺しにされた家だったから、もしかしたらそっちの幽霊が大挙して出てくるんじゃないかと思っていたが……残念ながら今回は蝦蟇蛙の吉には繋《つな》がらなかった。しかし、続けていけばそちらの方でも何かあるかもしれん」

「そ、それはいったいどういうことで？」

「決まっているだろう」

千村は権左の方へ顔を向けた。

「また虎太をあの空き家へ泊まらせようと思って平右衛門の店を訪ねたんだが、番頭が出てきてね。旦那様は出かけていていないと言われたんだよ。居留守だと感じたんだが、どうなんだろうな」

「はあ、おっしゃる通りだと思います」

再びすっと前に出てきた権左は、困ったような顔で答えた。

「実は今朝、私のところに平右衛門さんが来ましてね。どうやら鶴七の死体が見つかったことを耳にしたようなのです。鶴七は、いなくなった日の昼間はあの空き家に忍び込んでいますが、夜の肝試しの時には中に入った様子は見られなかった。それでも、平右衛門さんはかなり気に病んでいるみたいでしてね。とにかくあの家は縁起が悪い、今後は誰も足を踏み入れないように封じるつもりだとおっしゃっていましたよ。だから千村の旦那が訪ねていっても隠れ続けるでしょう」

「そうか……まあ、人としては平右衛門の方が正しいのだろう。これからも暇があれば頼みに訪れてみるが、無理強《じ》いはできないかな」

虎太はほっと安堵の息をついた。平右衛門への感謝と励ましの言葉が頭に浮かぶ。

ありがとう平右衛門さん。どうか千村の旦那から逃げきってくれ。

「……別にあの空き家でなくても、蝦蟇蛙の吉の一味に襲われた家は他にたくさんあるからな。探せば虎太が泊まれる所もあるだろう。そっちを見つけた方が早そうだ」

「は……旦那、何とおっしゃいました？」

「聞こえていただろう。そういうことだ。俺は市中の見廻りに戻る。虎太も仕事場に帰っていいぞ。それじゃ、またな」

千村はにやりと笑い、それから路地を出ていった。配下の者たちがぞろぞろと続く。連中が立ち去った後には、膝をついてがっくりと項垂《うなだ》れる虎太と、その様子を何とも言えぬ表情で見守る権左だけが残っていた。

祟《たた》りの林

――

虎太は出された茄子《なす》を口にして恍惚《こうこつ》の表情を浮かべた。

「う、美味《うめ》ぇ……」

夏になって茄子が出回るようになって以来、「古狸」の小上がりの隅で毎晩のように見られる光景である。義一郎やお悌には、虎太が「茄子さえあれば大喜びする男」とばれているので、もはや注文すら取られなくなっている。戸口をくぐったらすぐに茄子が出てくる。下手をしたら先に座敷に置かれていることもある。虎太はそんな茄子の料理を当たり前のように食らい、そして当たり前のように「う、美味ぇ……」と感動するのだ。

そんな風だから近頃では、義一郎や礼二郎などは虎太が茄子料理の味を褒《ほ》めても嬉《うれ》しそうな顔はせず、「ああ、そう」という具合にしか返事をしない。お悌はさすがに愛嬌《あいきょう》のある笑みを見せるが、この娘はいつもそんな顔をしているので、特にどうという思いは抱いていないようだ。もはや当然のことになっているのである。

「あら、そう言ってくれると作った甲斐《かい》があるというものだわ」

しかし今、虎太が食っている茄子の糠漬《ぬかづ》けを持ってきてくれた人物は大喜びした。

古狸一家の母親、お孝である。

「たとえお世辞でも、褒められると嬉しいわね」

「何をおっしゃいます。こんな美味い糠漬けは食ったことがない。このひと口だけでどんぶり飯を平らげることができそうだ」

一緒に座敷にいる治平が「随分《ずいぶん》と安上がりな舌じゃな」とぼそりと言ったので、虎太は睨《にら》みつけてやった。これは素直な思いを口にしたまでだ。

「本当に美味い漬物です。茄子一本で飯が三杯は食えそうだ。この茄子は小さいが、もっと大きければ五杯はいける」

「漬物にする場合は、小振りの茄子の方がいいのよ。大きいと皮が厚くて、うまく漬からないから」

「へえ、そうなんですか。俺はもっぱら食うだけの人間だから知らなかった。なんで茄子の漬物は小さいのばかり使うんだとずっと思っていましたよ」

故郷にいた子供の頃はもちろん、江戸に出てきてからも住み込みで職人の修業をしていたので自分で飯を作ることはなかった。取引先の馬鹿旦那を仙台堀に突き落として修業先を追い出されていた時期も、古狸で食うか、あるいは振り売りから買う納豆か豆腐でしのいでいた。つまり、かろうじて米だけは炊ける、という程度の男なのである。

「いずれにしろ、飯が進むのは間違いない」

「そんなに喜んでもらえるなら、これからもたくさん漬けるわ。楽しみにしていてね。それじゃあ、あたしは先に寝かせてもらうけど、お二人はどうぞゆっくりしていってくださいな」

お孝はにっこりと笑い、店の奥へ消えていった。虎太はその後ろ姿に深々と頭を下げる。これからもこの美味い糠漬けが食えそうだ。古狸に来る楽しみが増えた。

「……この分だと古狸で出される漬物は、しばらく茄子ばかりになりそうじゃな」

「治平さん、何が不満なんですかい。まるで極楽浄土ではありませんか」

「極楽ねぇ……茄子地獄の間違いじゃないのかね。いや、お孝さんの漬けた茄子は本当に美味いし、義一郎が作る焼き茄子や揚げ物、煮浸しにも文句はないよ。しかしこう茄子尽くしだと、さすがに飽きてしまう」

虎太の前にある膳の上はもちろん、治平の膳にも茄子が大量に置かれている。

「それなら、違うものを頼めばいいじゃありませんか」

「お前はもはや注文すらしなくなっているから知らないのだろうが、今の古狸はね、何を頼んでも茄子が出てくるようになっているんじゃよ。周りを見てみろ」

「はあ……」

虎太は店の中を見回した。夜の五つになる少し手前という頃合いなので、飯を食うより酒が目当ての客が多い。それらの者たちの前にある膳には、虎太や治平たちと同じようなものが載っていた。つまり、茄子だ。

「お前のせいじゃぞ、虎太。お前があまりにも茄子ばかり食うから、義一郎のやつも仕方なくたくさん買うようになる。よく売れるものだから茄子の前栽《せんざい》売りもますますここへやってくるようになる、というわけじゃ」

野菜の行商人の中で、一種類か二種類だけを売っている者を前栽売りという。茄子とか大根とか南瓜《かぼちゃ》とか、時季によってまちまちだが、そういうものを前栽籠《かご》と呼ばれる籠に大量に入れて売り歩いている。

「どうやら前栽売りの間で、古狸に行けば茄子が売れると噂《うわさ》になっているようじゃな。振り売りには縄張りというものがあるのだが、裏長屋などで売り歩くわけじゃなく、一つの店へ行くだけじゃからあまり文句も出ない。それで、江戸中の茄子の前栽売りがここを目指すようになったみたいじゃ」

「うへえ」

「売れ残った物だったりするから、かなり安く買えるらしい。だから義一郎の方も大喜びで仕入れるわけだが、さすがにお前一人では食い切れない量になっているようじゃ。だから今の古狸は、入るとまず茄子を勧められるし、違うものを注文しても二回に一度くらいはやっぱり茄子が出てくるようになっているのじゃ」

「ははあ、なるほど」

元々、古狸にはお悌ちゃん籤《くじ》と呼ばれるものがある。お悌が注文を聞き間違えることが多いので言われるようになったものだ。店の常連たちは慣れてしまって文句も言わず、むしろ何が出てくるかと楽しむようになっている。義一郎はそれを逆手に取り、茄子を減らすためにわざと違う料理を出している、ということらしい。

「結構な話じゃありませんか。みんなで茄子を食って幸せになりましょうよ」

「お前は本当におめでたいやつじゃな」

「お蔭様《かげさま》で。近頃は幽霊に遭っていないせいか、安穏と暮らしておりますよ」

鶴七のものと思われる腕が土の中から出てきて虎太の脚をつかんだが、あれは夢の中の話だから遭っていないものと考える。そうすると、お久の生霊を見たのが最後だ。

蝦蟇蛙《がまがえる》の吉によって人が殺された家に虎太を泊まらせるとかいう話を千村新兵衛がしていたのが少し気がかりではある。しかし千村からはその後、何の音沙汰《おとさた》もない。お蔭でここ数日は本当に平穏無事に過ごしている。

「このまま何事もなく秋になってくれればいいなぁ。秋茄子も美味いし」

「それでは困るのじゃよ。亀八さんを見つけないといかん」

「俺が悪いわけじゃありませんよ。治平さんが怖い話を仕入れてこないせいでしょう」

「ううむ。そう言われると返す言葉もないが……儂《わし》だってどこかに怖い話はないかと必死に探し回っているんじゃよ。だけどね、それが起こった場所や出遭った人がはっきりしている話なんて、そうそう見つかるものではないんじゃ。そんなことを言うなら、たまには虎太が見つけてきたらどうだね」

「俺の役目はその場所へ足を運び、泊まり込んでみることでしょう。別にいいんですよ、俺が話を仕入れる側に回っても。代わりに治平さんが泊まるというのならね」

「むむっ」

治平が黙り込んだ。珍しく言い負かしてしまったらしい。虎太はいい気分で、お孝が持ってきた茄子の漬物を再び口に運んだ。涙が出てきそうになるほど美味い。

「いらっしゃい」

義一郎の威勢のよい声が店の中に響いた。どうやら客が入ってきたようだ。しかし茄子を食うのに忙しいので虎太は戸口の方を見なかった。箸《はし》を置き、鴫焼《しぎやき》の串へと手を伸ばす。

「何をお出ししましょうか。何でもすぐにお作りいたしますよ……茄子の揚げ物、茄子の煮浸し、それから鴫焼」

お悌は蕎麦屋《そばや》の方の店仕舞いをする手伝いに行っているので、義一郎が客から注文を取っている。

「何でも作るというわりには茄子ばかりだな。とりあえず酒を貰《もら》おう。食い物は後で考えるよ……それより虎太、あんまり大声で年寄りをいじめるものじゃないぜ。戸が開けっ放しだから外まで声が筒抜けだ。怪談なら俺が話してやるから許してやれ」

「へ？」

いきなり声をかけられたので虎太はびっくりした。鴫焼を食おうと口を大きく開けたところだったが、その顔のまま客の方へと目を向けた。

「あ、あなたは……蛇男」

「誰が蛇男だ。ついこの間会ったばかりだというのにもう俺の名を忘れたのか。権左だよ」

「いや、覚えておりますとも。ただ……」

この前の空き家の件は古狸の者には内緒なのだ。権左の口から漏れたら大変である。下手をしたら千村のことまでばれてしまうかもしれない。

虎太がそう思って困った顔をしていると、権左は「心配するな」という風に二、三度頷《うなず》き、それから座敷に上がってきた。虎太の横に座り、治平に声をかける。

「俺は南六間堀町《みなみろつけんぼりちょう》で絵草紙屋をやっている権左ってぇ者です。そうは言っても店はほとんど女房に任せ、ふらふらと遊び歩いているんですがね」

多分、嘘ではあるまい。岡っ引きはたいてい家業を持っているのだ。

「深川ですから、遊ぶとなるとだいたい富ヶ岡八幡宮《とみがおかはちまんぐう》の門前町の方へ行く。南六間堀町からだと、虎太が働いている伊勢崎町が途中にあるでしょう。ついこの間、遊びに行こうと歩いていたら、あまりの暑さで目眩《めまい》がしましてね。休ませてもらおうとしてたまたま飛び込んだのが、虎太の勤め先だったんですよ。それで知り合ったというわけでして」

これはまったくの嘘だが、それでも虎太はほっとした。どうやら権左は、自分が岡っ引きであることを治平や義一郎に告げる気はないようだ。千村新兵衛から、そうするように言われているのだろう。

「聞けば、この古狸という店では、怖い話をすると飯が無代《ただ》になるそうじゃありませんか。まあ、別に食い意地が張っているわけじゃないから無代じゃなくても構わないんですがね。たまたま耳にしたおっかない話があるんで、それを話してやろうと思って今日は来たんですよ。もちろん場所ははっきりしています」

「おお、それはありがたい。そのためにわざわざおいでくださるなんて、虎太の知り合いにしておくのはもったいないほど優しいお方だ」

治平が権左に向かって軽く頭を下げ、それから虎太の方を睨んだ。

「それに比べてこの虎太は、怖がりの猫太のくせに言うことだけは立派でね。仕事だってまだ御礼奉公をしている途中で半人前なのに、食い意地だけは一人前以上に張っている。まったく碌《ろく》でもないやつですよ」

「むむっ」

治平は権左が現れたことで勢いを取り戻し、反撃に出たようだ。これは悔しい。言い返さなければと思い、虎太は口を開こうとした。が、すでに大きく開いていた。目の前に鴫焼があったので、とりあえず食いついた。

「厠《かわや》へ行くついでに蕎麦屋の方を覗《のぞ》いてくるよ。お悌ちゃんも話を聞きたいだろうからね。権左さん、ちょっと待っていてくださいね」

治平が立ち上がって土間へ下りた。戸口をくぐって表へと姿を消す。年寄りと口喧嘩《くちげんか》してしまった、逃げられたか、と思いながら虎太は治平を見送った。年寄りと口喧嘩している姿はみっともないので、お悌がいる席では治平にやり返せない。

まあ、この茄子の美味さに免じて今回は許してやろう、と思いながら鴫焼を飲み込む。それから権左の方を向いて、小声で話しかけた。

「鶴七の件はどうなっていますかい」

行方《ゆくえ》知れずになった夜に鶴七を見た者がいないか、権左は調べ回っているはずだ。

「ああ、あれか……ううむ」

権左は顔をしかめた。

「うまくいっていないんだよ。あの晩、鶴七を見かけた者がまったく出てこないんだ。まるで神隠しにでも遭ったかのようだ」

「神隠しねぇ……」

「お蔭で千村の旦那に合わせる顔がない。ところで、虎太の方こそ夢の中身は思い出せたのかい。鶴七らしき者を埋めていた連中の人相風体のことだが」

「いやぁ、まったく。俺も千村の旦那には会いたくありませんよ」

蝦蟇蛙の吉によって人が殺された家に泊まらされるかもしれないからなおさらだ。

治平が戻ってきたので、虎太たちの会話はここまでになった。ほどなくして奥からお悌が現れる。続けて礼二郎も顔を出したので、蕎麦屋の店仕舞いは終わったらしかった。

にこにこしながらお悌は座敷に上がってきた。礼二郎も話を聞きに近づいてくる。他の客に目を配りつつ、義一郎もそばに寄ってきた。

「それでは話を始めますよ」

お悌や礼二郎とひと通りの挨拶《あいさつ》を済ませた後で権左が低い声音で喋り出した。岡っ引きをしているせいか、なかなかの迫力である。それに蛇のような冷たい目つきをしているのもいい。怪談向きの顔だな、と虎太は思った。

二

「これは雑司《ぞうし》ヶ谷村《がやむら》で今も起こり続けている話だ。あの辺りは鬼子母神《きしもじん》のようなところもあるが、ほとんどが畑と雑木林ばかりの土地でね。夜になったら本当に寂しい場所なんだよ。これから俺がするのは、そこにある周りを畑に囲まれた雑木林での話だ。元々そこには小さなお社《やしろ》が祀《まつ》ってあってね。近くに住む百姓が代々大切に守ってきた。信心深い家柄だったんだろう。しかしそんな家でも長く続けば罰当たりな者が出てくるものでね。今から十年ほど前に、まったく神仏を信じない男が家を継いだんだ。庄作《しょうさく》ってやつなんだが……」

庄作はお社を蔑《ないがし》ろにした。それまでは先祖代々が毎日のように訪れてお社そのものや周りを掃除し、ずっと綺麗《きれい》に保っていたのだが、それを庄作の代でやめてしまったのだ。掃除に訪れる日数を減らしたのではなく、まったく手をかけなくなったのである。

このお社のすぐ裏には欅《けやき》の大木が立っていた。これは御神木として扱われて注連縄《しめなわ》なども張られていたのだが、庄作はこれを伐《き》り倒し、材木屋に売り払ってしまった。大きな欅は箪笥《たんす》などを作るのによいので、それなりの値で売れたらしい。大酒飲みの庄作は、それで得た銭をすべて自らの酒代にしたという。

庄作の家の近くに住む者や古くからの知り合い、それに親戚縁者は、これはきっと祟《たた》りがあるに違いないと噂し合った。こちらにまで障りがあったら大変だと庄作との付き合いをやめ、息をひそめて行く末を見守った。

案の定、それからほどなくして庄作の家は没落した。なぜか庄作の所の畑だけ作物の出来が悪かったり、火の気がなかったはずの納屋が燃えたりしたのだ。さらに、女房子供が立て続けに病で亡くなってしまった。飼っていた猫も急に血を吐いて死んだ。すべて御神木を伐ってから一年にも満たない間の出来事だった。

もちろん庄作自身も死んだ。伐り倒された御神木の脇には枝が奇妙にねじ曲がった松が生えていたのだが、庄作はその木で自ら首を括《くく》ったのである。御神木を伐り倒してからちょうど一年後のことだった。

「……それで祟りは終わりだと周りの者は思った。ところがそうではなかったんだ。それ以来、お社のあった雑木林でたまに死体が出るようになったんだよ」

庄作が死んだ木では、その後も何人かが首を括った。初めのうちは一緒に飲み歩いていた仲間など、庄作と何らかの関わりがある者ばかりだったが、そのうちに雑司ヶ谷村とはまったく縁もゆかりもない者たちまで含まれるようになった。わざわざ遠くからそこまで死にに来たのだ。そのため、いつしかこの松は「首縊《くびく》りの木」として忌み嫌われるようになった。

また、揉《も》め事があって刺されでもしたのか、近くの賭場《とば》に出入りしていた若い男の死体がこの雑木林の中に転がっていたことがあった。遠く離れた品川宿《しながわしゅく》の辺りに住んでいた年寄りがある日急にいなくなり、数日後にやはりこの雑木林の中で行き倒れているのが見つかったこともあった。それでますますこの地は疎まれるようになり、足を踏み入れる人がほとんどいなくなってしまったという。

「……打ち捨てられたお社を元通りにすれば、もしかしたら祟りも止まるのではないか、と俺は思うんだよ。他にもそう考えている人はきっといるはずだ。しかし、下手に触って禍《わざわい》がこちらに降りかかってきたら大変だ。だから何もせずに、今もお社は放っておかれている。近場に住んでいる者はみんな避けているようだな。庄作が死んでから九年も経《た》った今でも雑木林で死体が見つかることがある。それどころか近頃では、どういうわけか前よりも死体が出ることが増えたという話も聞く。だが滅多《めった》にそこに入る人がいないから、たいていは半分腐ったような酷《ひど》い有り様になっているそうだぜ。さて、これで俺の話は終わりだ。初めてのことで加減ってものが分からなかったが、こんな話でよかったのかな」

権左は、虎太と治平、お悌、義一郎、礼二郎の顔を順々に見回した。

「ううむ、怖がっているように見えるのは虎太だけか。なかなかの話だったと思うんだけどな。娘さんも平気な顔をしている。怖くはなかったかい」

「あら、そんなことはないわよ。身震いするような怖さはなかったけど、足下からじわじわと上がってくるような怖さを感じたわ。こういう話も悪くないとあたしは思うの。だけど、はっきりと目に見えるような幽霊が出てこなかったので……」

お悌はそこで言葉を切って、口元に手を当てた。あくびを嚙《か》み殺したようだった。

「ごめんなさい。あたし、いつも早めに寝ているものだから……」

「ああ、そうかい。俺の話も済んだし、それならもう寝に行った方がいいな。若い娘が夜更かしをするのはよくない」

「お言葉に甘えて、あたしはもう二階に上がらせてもらうわ。お客様はどうぞごゆっくりなさってください」

お悌は権左に深々と頭を下げた。それから治平にも軽く会釈をする。虎太にはそんなことはしなかったが、その代わりに、にこりとほほ笑んでみせた。

虎太は天にも昇るような気分になった。頭がぼうっとしてしまい、お悌が奥に去っていく後ろ姿を見送ることもできなかった。気づくとすでにお悌の姿は消えていた。

「……ああは言ってくれたが、あの娘さんは俺の話を聞いている間、ずっと今一つという顔をしていたな。怪談ってのはなかなか難しい。これくらいでは飯は無代にならないのかね」

権左は義一郎へと目を向けた。

「ああ、いや、それは心配しなくて結構です」

義一郎が返事をする。

「うちの店で怪談を聞き集めているのは、行方知れずになった親父を捜すためでしてね。怖い話が好きな親父で、聞いた話の場所をよく訪れていたものですから、少しでも手掛かりになればと思って始めたことなんです。権左さんの話はちゃんと場所が分かっていますし、祟りとか死体とか、うちの親父が好きそうな中身でもある。十分ですよ。俺も含めた、虎太を除いた四人があまり怖がっているように見えないのは、お悌も言っていたように、はっきりとした幽霊が出てこなかったからでしょう。どうもこの手の話をたくさん聞きすぎて、人が死ぬくらいではびくともしなくなっちまった」

「それは、義一郎さんがそこへ行かなくても済むからですよ。俺は……ああ」

虎太は頭を抱えた。

自分がこの古狸に出入りするようになってすぐの頃に遭った、死神と呼ばれているお房とか神隠しの長屋に現れるおそのやおりんなどは、わりと分かりやすい「幽霊」だった。しかしなぜか近頃は、生霊《いきりょう》だったり夢の中に出てきたりと、ちょっと毛色の違うのに行き当たるようになっている。どうも雲行きが怪しいな、と思っていたら、今回はとうとう神仏の祟りだ。これはまずい。こちらを驚かせたり怖がらせたりせず、ただ死に至らしめるだけだ。地味ではあるが、恐らく今までで一番性質《たち》が悪い。

「……皆さん、ごめんなさい。今度という今度は、俺は役を降りさせていただきます」

「おいおい、それだと猫太と馬鹿にされるようになるぜ」

「それは嫌です。でも神仏の祟りはもっと嫌です。どちらか一方をと言われれば、俺は猫太の方を取る」

虎太は鴫焼を手にして顔の前に掲げた。

「その雑司ヶ谷にあるという場所へ俺は行きませんよ。命あっての物種だ。お悌ちゃんがいて、茄子がある。それだけで俺は満足なんだ。人間は上を見たらきりがない。本当の幸せは身近にあるものなのです」

鴫焼を口元に持っていき、虎太は思い切りかじりついた。美味かった。俺の幸せはここにある、と感じた。

「ふうむ。言ってることはまともだが、やってることは間抜けだな。ところで虎太、ちょっと訊《たず》ねるが、お前が食っているその茄子、どこで穫れたものだと思う？」

「何を言っているんですか義一郎さん。そんなのは決まっているでしょう。畑です」

「そりゃそうだ。あのな、虎太。俺はその畑がある場所を訊いているんだよ」

「それを知ってどうするんですかい。どこで穫れようが茄子は茄子だ」

虎太は箸を取った。茄子の揚げ物を治平の膳から横取りして口へと運ぶ。これも美味い。幸せだ。

「……お前、雑司ヶ谷茄子って知ってるか」

「さあ」

「よくそれで茄子好きが名乗れたものだな。雑司ヶ谷の畑では大根や青菜など様々なものを作っているが、その中でも茄子は結構知られているんだ。まあ、他にも砂村《すなむら》や千住《せんじゅ》、駒込《こまごめ》など、茄子で知られている土地はたくさんあるけどな。この辺りだと近くの千住で穫れたものが多く出回っているが、うちは今、あちこちから茄子を持った前栽売りがやってくるようになっちまっている。今日みんなに出している茄子は、雑司ヶ谷で作られたものなんだ」

「へ、へえ……」

雑司ヶ谷といえばせいぜい鬼子母神があることくらいしか知らなかった。まさかこんな美味いものが穫れる土地だったなんて驚きだ。

「……素晴らしい所ではありませんか、雑司ヶ谷」

「うむ、その通りだ。しかし、そんなことを言っていられるのも今のうちだけかもしれない」

「どういうことですかい」

「権左さんの話に出てきた祟りだ。初めは庄作とかいう罰当たりな野郎の一家が狙われた。しかし庄作の死では終わらず、その後は手当たり次第という感じで広がっている。それは命を取られている人だけじゃない。どうも土地も広がっているような気がするんだよ。初めは庄作が首を吊った松の木で死ぬやつが多かったが、やがて雑木林の中に死体が転がっているようにもなった、という話だったろう。このまま行くと、そのうちに雑木林を出てしまい、近くの畑で死体が見つかるようになるかもしれないな。さらに放っておくと、辺り一帯の土地まで広がって……」

「そ、それはいけない」

虎太は立ち上がった。このままでは雑司ヶ谷の畑がみんな駄目になってしまうかもしれない。呪われた土地になり、誰もそこで茄子を作らなくなる。そうなったら自分の幸せが減ってしまう。何としても祟りを食い止めなければいけない。

「雑司ヶ谷の畑の中にある雑木林ですね。今から行ってきます」

「お、おい、落ち着けって。いくらなんでも今からじゃ無理だ。明日にしろ、明日に」

「いいや、止めないでください、熊蔵《くまぞう》さん」

「誰が熊蔵だ……いいから座れよ。お前は仕事場のある深川の辺りしかよく知らないだろう。こんな暗い中で出ていったって、辿《たど》り着けるわけがねぇ」

「馬鹿にしないでください。親方の親戚が内藤新宿《ないとうしんじゅく》に住んでいましてね。前に連れていかれたことがあるんだ。その時に途中で通った。だから覚えています」

「深川から内藤新宿に向かう途中に通ったか……おい、虎太。やっぱり明日にしろ。

お前が言っているのは多分、千駄ヶ谷《せんだがや》だ」

「似たようなものでしょう」

「茄子でやる気を出させてしまった俺が悪かった。だ、誰かこの馬鹿を止めてくれ……」

義一郎が音を上げ、他の者に救いを求めた。治平と権左、そして礼二郎は困った顔をして、一斉に目を逸《そ》らした。

三

翌日の昼下がり、虎太は権左から聞いた雑司ヶ谷の雑木林に向かって歩いていた。

いつものように朝早く仕事場に向かったのだが、着いて早々に帰らせてもらったのである。虎太の方から申し出たわけではなく、親方がそうするように言ったのだ。仕事場に現れた虎太の様子を見て、具合が悪そうだと考えたらしかった。

確かに体の調子は必ずしもよいとは言えない。しかし仕事を抜けるほどではなかった。それでも虎太は、明るいうちに雑司ヶ谷に行けるのならそれに越したことはないと考え、ありがたく親方の言葉に従ったのだ。

「……昨夜、あの後のことを覚えていないんですが、何があったんですか」

虎太は横に並んで歩いている義一郎に訊ねた。雑司ヶ谷に向かう前に念のため詳しい道を訊《き》いておこうと古狸を訪ねたところ、この男も一緒についてきたのである。古狸は三軒の店が並んでいる所だから、かなり忙しくはなるが三人残っていればどうにか回せるのだ。

「まあ、訊かなくてもだいたいのことは分かりますが……」

虎太が感じている体の調子の悪さは主に三つある。まず体のあちこちが痛むことだ。特に膝《ひざ》が酷いが、これは暴れるか何かしたためだと思う。それから次は、頭がずきずきすることである。この痛みは知っている。二日酔いだ。

そして三つめは、目の周りが腫《は》れぼったいことだ。親方は多分これを見て帰らせた方がいいと感じたのだろう。

「前にもこうなったことがあったから分かる。俺……相当飲んだみたいですね」

実は虎太は、泣き上戸なのである。あまりにも酒を飲みすぎると大泣きし始めて、周りの者に謝ったり、なぜか裸踊りを始めたり、お悌ちゃんを嫁にくれと言って暴れたりするらしいのだ。困ったことに、そうなった時のことを本人はまったく覚えていない。

「うむ、ご名答だ」

義一郎が横目で虎太を見ながらにやりと笑った。

「だが気に病むことはないぞ。お前を止めるために礼二郎が考え、俺たちがみんなで仕向けたことだからな」

「ああ、そこまでは何となく頭に残っています」

酒は身を清めるし、景気づけにもなる。祟りのあるような場所に行くなら、その前にたらふく飲んでおいた方がいいと勧められたのだ。

好物の茄子のためとはいえ、虎太も怖さは十分に感じていた。だからその意見に納得し、ぐいぐいと飲んだ。そして……後のことは忘れた。

「俺……また『お悌ちゃんを嫁にください』とか何とか叫んで暴れたんでしょうか」

虎太がもっとも恐れているのはそれだ。同じ建物の二階で当のお悌が眠っているのである。一度寝たらちょっとやそっとでは起きない娘らしいが、それでも間違って目覚めてしまうこともあるかもしれない。

「ああ、昨夜はなぜか、それはなかったな」

「そ、そうですか……」

虎太は心底ほっとした。

「……それなら、この体の痛みはいったい？」

「まずお前は、泣きながら治平さんに謝り始めた。無理に言い負かすようなことを言って悪かった、とか何とか言ってたかな。で、急にぱあんと飛び上がって、土下座をした姿でべたっと土間へ下りたんだ」

「ははあ」

この膝の痛みはそのせいか。

「それから、途中で智三郎のやつが修業先の菓子屋から帰ってきた。するとお前は泣きながら抱きついていって、『兄さんや姉さんたちと違い、あまり相手をできなくてごめんよぉ』と謝り出した。当たり前だが、智三郎はたいそう気味悪がってな。渾身の力を込めてお前を店の壁へと突き飛ばしたよ」

「なるほど」

体に残っている痛みはその時のものか。

「そうこうするうちにお前は急に寝入ってしまった。忠が待っているからお前を引きずってでも家まで送り届けようとしたんだけどな。面倒臭《めんどうくさ》いからそのまま放っておいた。代わりに俺がお前の長屋まで行って、忠の方を連れてきたんだ」

「よく分かりました」

そういえば今朝は古狸の座敷で、忠に顔をぺしぺしと叩《たた》かれて目を覚ました。仕事場へはそこから向かったのだ。

「とにかくお悌ちゃんのことは何も言わなかったようなので安心しました。ところでさっきから畑の中を歩いていますが、ここら辺が雑司ヶ谷なのではありませんかい」

「うむ、その通りだ。ただ、あちこちに似たような雑木林があるからな。どれがそうなのか分からないんだよ」

「誰かに訊けばいいんじゃないですかね。この近くに住んでいる人なら、祟りのある雑木林のことは誰でも知っているでしょう」

「俺もそう思ってさっきから見回しているんだが、人っ子一人いやしねぇ。まあ、夏の昼下がりの一番暑い時分だからな。みんな家の中や日陰で休んでいるんだろうが……」

義一郎は手で額の辺りに庇《ひさし》を作って日差しを遮《さえぎ》り、目を細めながら辺りを見渡した。

「おっ、あそこに誰か立っているみたいだ。おい虎太、お前はかなり目が利くだろう。あれ、人だよな」

虎太は義一郎の指差している方を見た。

「残念、あれは案山子《かかし》です」

「惜しいな。それならあっちに見えるのはどうだ。子供のようだが」

義一郎が別の方を指差したので、虎太はそちらへと目を向けた。

「……あれは道端に立っているお地蔵様ですよ」

「なんだ、妙に顔色の悪い餓鬼《がき》だと心配しちまったじゃねぇか。ええと、それなら……向こうにいるのはどうだ。これはかなり自信があるぞ。間違いなく人だ」

今度は何が出てくるのだろうと思いながら虎太は義一郎が指している先を見た。

「あ、あれは……へ、蛇」

「おいおい、さすがにそれは俺のことを馬鹿にしすぎだ。いくらなんでも人と蛇を見間違えるなんてことはないぜ」

「そうじゃなくて、蛇男です。昨日古狸に来て話をしていった、権左さんですよ」

「ええっ」

義一郎はますます目を細めた。しかしそれでも分からなかったらしく、しばらくすると首を振った。

「お前、本当に目が利くんだな。俺には無理だ。顔つきまではまったく見えない」

虎太は義一郎がやっているように手で庇を作って日差しを遮り、改めてじっくりと眺めた。

「うん、間違いなく権左さんです。どうしてこんな所にいるんだろう」

深川の南六間堀町に住んでいる岡っ引きだ。そこから遠く離れたこの辺りまで縄張りにしているなんてことはあり得ない。

虎太たちと同じように祟りのある雑木林を見に来たのだろうか。あの話をした翌日なのだから、多分この考えは正しいだろう。

それなら昨日のうちに俺も一緒に行くと申し出てくれればよかったのに、と虎太は思った。

「……まあ、とにかく行ってみましょう」

権左なら雑木林の場所も知っているに違いない。これで暑い中あちこち迷い歩かずに済んだ、と虎太は胸を撫《な》で下ろしながら、権左の方へ向かって歩き出した。


「……おや、古狸の店主も一緒に来たのかい？」

二人が近づいていくと、権左は少し顔をしかめた。

「わざわざこんな遠くまで、ご苦労なことだな」

「いやぁ、虎太だけだとどこに行っちまうか分かりませんからね。心配だからついてきたんですよ」

義一郎が告げると、権左はなるほどと頷いた。

「俺はたまたま今日、護国寺《ごこくじ》のそばに住んでいる知り合いに用があって来たんだが、もしかしたら虎太が昼間のうちに来ているかもしれないと思って、帰りにこちらへ回ってみたんだよ。案の定だった。ただ、その様子だとどれが例の雑木林だか分からずに迷っているようだな」

権左はそう言うと、自分の横にある雑木林を指差した。

「えっ、まさかここですかい。思ったよりもかなり小さいな……」

義一郎が不思議そうに首を傾げた。

虎太も少しびっくりした。林というから中で迷うくらいの広さがあるのかと思っていたが、権左が指した所はこぢんまりとしていた。ちょっと大きめの百姓家の敷地くらいだ。

ただ、虎太は驚く一方でほっとしてもいた。狭い方が多少は怖さが薄れる気がしたのだ。

「うむ、確かに林というには小さいかな。それでもわりと木が多く生えているから見通しが悪い。それに庄作の先代まではきちんと草を刈っていたんだろうが、今はそんなことをする人がいなくなったせいか下の方も見えづらい。しかも祟りを恐れてあまり人が足を踏み入れない場所だ。冬ならともかく、他の季節にこの中に死体があったとしても、なかなか気づかれまい」

権左の言葉に、虎太と義一郎は揃《そろ》って頷いた。確かにその通りだ。虎太の中で多少薄れた怖さが戻ってきてしまった。

「まあ、とにかくここまで来たんだ。林の中に入るとするか」

権左は虎太の顔へ目を向けてかすかに笑うと、すたすたと林の中へ入っていった。ちょうどそこは人がやっと通れるくらいの幅で草が分かれていたのだ。獣道といった感じだった。

権左に続いて義一郎が林に足を踏み入れる。虎太は一番後ろになった。背後が怖いので、何度も振り返りながら義一郎についていく。

少し進むと、ぽっかりと開けた場所に出た。その真ん中辺りにお社が建っている。土台を除けば大人の背よりちょっとだけ高いくらいだから、ごく小さいものだ。よく百姓家の敷地の隅に祀られているお稲荷《いなり》さんのお社を心持ち大きくした程度である。

ただ、そのお社は長く打ち捨てられているせいで、半ば朽ちかけている。屋根には穴が開いているし、観音開きの扉も片方が外れて地面に転がっていた。

　義一郎の背中に隠れるようにしながら、虎太はそっとお社の中を覗いてみた。本来なら御神体となるような物があるはずなのだが、空っぽだった。裏側に立っていた御神木を伐り倒して売り払った庄作が、御神体の方にも手を出して銭に換えたのかもしれない。

「庄作が首を括った松の木はお社の裏にある。ここからだと陰になっているが、少し脇に行けば見えるはずだ」

　お社の前で虎太たちと並んで立っていた権左が、数歩だけ横の方に動いた。

「ああ、ここからなら見える。あの奇妙な形に枝がねじ曲がっている木が……」

　松を指差しながらそう言いかけた権左が急に言葉を止めた。顔をしかめて腕組みを始める。

「どうしたんですかい」

　声をかけながら義一郎が権左に近づいた。そこからお社の裏にある松へと目を向ける。

「ぐぇ」

　義一郎が妙な声を上げて座り込んだ。そして松の木の方から目を離さずに、虎太に向けて手招きした。

虎太は物凄く嫌な予感がした。義一郎という男は熊に似ているだけあって、度胸はそれなりにある。それなのに、かなり驚いているように見える。これは相当なものがあったに違いない。

一方、権左の方は義一郎と比べると驚きは少なく、落ち着いている。ただ、随分と難しい顔をしている。もしかしたら岡っ引きとしての権左の顔が出ているのかもしれない。

そして、この二人が見ているのは「首縊りの木」と呼ばれて忌み嫌われている松だ。そうなると、そこにあるものはだいたい分かってくる。

「俺は嫌ですよ。見たくありません」

虎太は首を振った。

「そう言うなよ。三人で一緒に来たんじゃねぇか。一人だけ逃げるなんてずるいぜ。男として格好が悪い。なあ、猫太さんよ」

権左が横目で虎太を見ながら言った。昨日の晩、治平や義一郎がそう呼んだことを覚えていたようだ。

昨夜は猫太と呼ばれることを受け入れそうになってしまった。それはこの雑木林に来ることから逃れようとしたからだ。しかし今、自分はしっかりと雑木林の中に立っている。猫太と呼ばれる筋合いはない。

「……権左さん、俺の名は虎太だ。何事も恐れることはない、勇猛果敢な虎なんだ。馬鹿にしないでいただきましょうか」

「おお、そうかい。それは悪かったな。謝るから、こっちに来て俺たちが眺めているものを一緒に見てくれよ。案外と、お前さんが考えているものとは違うかもしれないぜ」

虎太は大股で歩いて権左に近づいた。そして横に立つと、ばっ、と勢いよく顔を首縊りの木の方へ向けた。

「ぐぇ」

義一郎と同じような声が喉から漏れた。

「ひ、酷《ひで》ぇ。やっぱり思った通りの死体じゃねぇか」

松の枝に男がぶら下がっていた。顔や手足が妙にどす黒く、首もいくらか長くなっているような気がする。多分、首を括ってから数日は経っている死体だろう。

「ううっ、見るんじゃなかった」

虎太は両手で顔を覆って座り込んだ。入れ替わるように、それまで座っていた義一郎が腰を上げた。

「こうしちゃいられない。とにかく誰かに知らせなければ。俺、ひとっ走り行ってきますよ」

義一郎は駆け出した。ここまで来る時に通ってきた獣道のような道を引き返し、あっという間にその姿が見えなくなった。

「ほほう、傷みの酷い死体を見たわりには思ったより早く立ち直ったな。風貌に違《たが》わず、度胸の方もなかなかあるようだ」

義一郎を横目で見送っていた権左が感心したように言った。それから「俺も行くか」とのんびりと動き出した。

「ここは俺の縄張りじゃないからな。土地の目明しに知らせてくるよ」

「そ、それなら俺も一緒に行きます」

虎太は権左の足下に縋りついた。こんな所に一人で残されるのは御免だ。

「いや、お前はここに残らないと駄目だ。あの熊のような兄さんが戻ってきた時に戸惑っちまう。それに千村の旦那から、俺が目明しだということは古狸の者たちに分からないようにしてくれと言われているからな。この土地の目明しに知らせたら俺はそのまま帰るよ。そういうことだから、お前はついてきちゃ駄目だ。ここで待っていてくれ」

「そ、そんなぁ……」

虎太は情けない声を上げたが、権左は振り返りもせず行ってしまった。結局、虎太はたった一人で首吊り死体の見張り番をすることになってしまった。

四

義一郎はなかなか戻ってこなかった。

虎太は薄暗い林の中で、目の端にようやく入るような形で死体を見ながら、義一郎が現れるのを今か今かと待ち続けた。

初めのうちは、そんな風には死体を見ていなかった。気味が悪いから思い切り背を向けていたのだ。しかしそれだと、風で縄が枝にこすれ、ぎしぎしと鳴る音が物凄く怖かった。まるで死体が動いて自分の方に近づいてくるような気がするのだ。

それならむしろ死体を見ていた方がましなのではないかと考え、次に虎太は真正面から見据える形を取った。だが、これもまた怖かった。他に誰もいない雑木林の中で死体と向かい合っていると、何か話しかけてきそうに思えてくるのだ。

そんな感じで色々と見方を変えているうちに、今のような形になったというわけである。

――それにしても義一郎さんは遅すぎる。

あの人のことだから、怖気《おじけ》づいて古狸に帰ってしまった、なんてことはないだろう。祟りがあると言われている雑木林だから来てくれる人がなかなか見つからず、あちこちの家を訪ね回っているのかもしれない。

とにかく早く戻ってきてくれないと俺が困る、と思いながら虎太は木々の間から覗くお天道様《てんとさま》を見た。

ここに着いた時はまだ日が高い場所にあったから、林の中でもそれなりに明るかった。しかし徐々に日が傾き、今は枝葉に遮られるようになっている。お蔭でかなり薄気味悪さが増した。このまま義一郎が戻ってこず、夜になったらどうなってしまうことか。

――くそ、こんなことなら義一郎さんを残して、俺が人を呼びに行けばよかった。

虎太という男は向こう見ずというか、あまり深く後先を考えずに動く人間だ。そのため、他の者より身が軽い。ただし、それは幽霊とか死体とか、怖いものが絡んでいない時の話である。特に他の者と一緒にいる時はそうだ。一人だったら迷わずにさっさと逃げることを考える。しかし他の誰かがいると、その人の動きを気にしてしまうのだ。それで第一歩が遅くなる。さっきがそうだった。

――これからは他に人がいても気にせず、俺が望むように素早く動かないと駄目だな。

それができなかったから、今回は死体を見張る役を押し付けられる羽目に陥ったのだ。まったく損な役回りである。薄気味悪いことこの上ない。しかし、だからといって離れるわけにはいかないのだ。

――待てよ……。

別に離れてもいいのではないか、という事実に虎太は思い当たった。死体が勝手に動いてどこかへ行ってしまう、なんてことはないのだ。こんなもの、誰かに盗まれるわけでもない。虎太がここに残っているのは、義一郎が戻ってきたり土地の目明しがやってきたりした時のことを考えてのことなのだ。死体を見張る必要などどこにもない。雑木林を出た所で待っていても一向に構わないではないか。

――前々から分かってはいたが、俺……阿呆《あほう》だな。

虎太は天を仰ぎながら、はあ、と大きく溜息《ためいき》をついた。それから、雑木林を出ようと、獣道の方へと歩き出した。

だが、ちょうどお社の前を通った時に、その足が止まった。どさっ、という何か重めのものが地面に落ちるような音が耳に入ったからだった。それは、さっきまで見張っていた死体の辺りから聞こえてきた。

虎太は死体の方へと目を向けた。しかしそこからではお社の陰になって、死体の姿を見ることはできなかった。

――おい、どうするよ。

妙な音など聞かなかったことにして先へ進み、雑木林から出るか。それとも死体の様子を確かめるか。虎太は自問自答した。

実はあれが生きていた、なんてことはあり得ない。明らかに死体だった。それが下に落ちたのだとするなら、首から縄が外れたか、縄そのものが切れたかである。

いや、もう一つ考えられることがある。首が腐り落ちて、胴体から外れてしまった時だ。あの死体の様子なら、それも頭に入れておかなければならない。

――ううむ……やめた方がいいな。

心を決めた。死体を見るのは御免だ。前へ進もう。

虎太は再び歩き出した。お社の周辺のぽっかりと開けた場所が終わる。そこから先は丈の長い草が両脇に生えている狭い獣道を通っていくことになる。

そこへ初めの一歩を踏み出そうとしたところで、虎太はまた足を止めた。やはり妙な音を耳にしたからだった。今度は、がさがさと草の上を何かが動いているような音だった。しかもそれは死体がぶら下がっていた松の木の辺りから始まり、徐々にこちらへと近づいてくるように聞こえた。

さすがに背を向けたままなのは怖い。虎太は恐る恐る振り返った。

そのままじっとして耳を澄ます。音は今、お社の土台の向こう側辺りでしている。虎太は獣道の方へ動いているから、お社の正面からだと横を通っていることになる。明らかにこちらへと何かが近づいてきているのだ。それも、案外と素早い動きで。

いったい何だろうか……などと音の正体を考える暇もなく、それは土台の向こう側から姿を現した。

まず目に入ったのは、どす黒い手だった。さっきまで眺めていた、あの死体の色に似ている。

もう片方の腕が肘《ひじ》の辺りまで現れた。這《は》っているのだ。

続けて肩口が見えた。次に胸の辺り、そして腹……。

——く、首がない。

そのことに気づいた瞬間、虎太はくるりと踵《きびす》を返し、獣道を凄《すさ》まじい速さで駆け抜けた。

あっという間に雑木林を出る。いくらか西に傾いていたお天道様の光が目に飛び込んできて、虎太は顔をしかめた。

辺りはまだ十分に明るかった。雑木林の中とは大違いだ。それで少し安心し、虎太はゆっくりと後ろを振り返った。

首なし死体はついてきていないようだった。耳を澄ますと、うるさいほどの蟬《せみ》の声が飛び込んできた。そういえば雑木林の中にいた時は、なぜか蟬の声はまったく気にならなかったな、と虎太は不思議に思った。

目を横に転じると、畑の先の方に人影が二つ見えた。一人は義一郎のようだった。もう一人は義一郎が探してきた近所の者に違いない。

そのさらに向こうに、こちらへとやってくる数人の人影が見えた。この土地の岡っ引きが手下を連れてやってきたのだろう。

虎太は、ふう、と一つ大きく息を吐き出し、それから義一郎たちに向かって大きく手を振った。

五

数日後、虎太がいつものように仕事帰りに古狸に向かっていると、少し先にある路地から千村新兵衛が顔を覗かせた。

虎太を見て軽く目配せをし、すぐに路地の奥へ姿を消す。どうやら話があるようだ。今日は古狸ではなく、その手前で待ち構えていたらしい。

虎太は少し気味悪く思った。実はその日は仕事が早く終わったので、いつもより半時ばかり早く修業先から出てきていたのだ。

——まさかずっと路地で待っていたわけでもあるまい。

多分、配下の者が俺をつけてきたのだろう。虎太はそう思って周りを見回してみた。それらしき人物は目に入らなかった。

さすがは定町廻《じょうまちまわ》り同心《どうしん》、千村新兵衛様だ。使っている者も有能だな、と半ば感心、半ば迷惑に思いつつ、虎太は路地を曲がった。

そこは裏長屋に続く狭い道だった。ほんの三間ほど先に長屋の木戸口があるのが見えたが、千村の姿は目に入らなかった。

木戸口を抜ける。きょろきょろと見回すと、長屋の建物の陰から伸びて、こちらに向かって招いている手だけが見えた。幽霊だったら怖いな、と思いながらそこまで行き、建物の脇へ回り込んだ。

もちろんそこに幽霊はいなかった。羽織を着ようとしている千村新兵衛の姿があるだけだ。いつものように、その周りに配下の者たちが従っている。どうやら千村は今まで古狸で団子を食っていたようだ。

「何かご用ですか」

身構えながら虎太は訊ねた。蝦蟇蛙の吉に襲われた家で、虎太が泊まれそうな所を探してみると千村が言っていたのを思い出したからだった。

「うむ、もちろん用があるから呼んだのだ」

千村は帯に十手を差しながら虎太の方を向いた。そして虎太の顔を見て、「ははあ、なるほど」と笑った。

「お前、蝦蟇蛙の吉の件でどこかの空き家に泊まらされるんじゃないかとびくびくしているな。すぐに顔に出る男だからよく分かる。だが、残念だったな。ちょうどよさそうな家がなかなか見つからないんだよ。今日はその件とは別の話だ」

ほっ、と虎太は安堵《あんど》の息を吐いた。

「それなら、何のお話でしょうか」

「この間、お前は雑司ヶ谷で死体を見つけただろう」

「ああ、権左親分から聞きましたか」

虎太は、その件については千村に何も話していなかった。どうせ岡っ引きの権左から話が伝わるだろうと思ったからだった。

「いや、権左じゃなくて、雑司ヶ谷を縄張りにしている目明しから聞いた。お前、死体が這ってくるような気がして雑木林から慌てて逃げ出したそうだな」

「気のせいじゃなくて、本当に見たんですよ。義一郎さんや土地の親分さんたちと戻ってみたら、元通り松にぶら下がっていましたけどね」

「まあ、お前のことだから幽霊に遭っちまったってことなんだろうな。ますます蝦蟇蛙の吉によって人が殺された家に泊まらせたくなった。だが、さっきも言ったように今日はそれとは別の話だ。その雑木林で首を吊っていた死体の身元が分かったから、知らせてやろうと思ったんだよ」

虎太は再び身構えた。ついこの前、似たようなことがあった。夢で見たのと同じような場所から出てきた死体が、行方知れずになっていた鶴七という男のものだったと聞かされた時だ。随分と驚いたものだが、また同じように、びっくりするようなことを聞かされるに違いないと思ったからだった。

「よく聞けよ。雑木林の死体は牧蔵《まきぞう》という男だった。年は四十二、京橋南の山下町《やましたちょう》にある古道具屋の主だ」

「は、はあ……」

虎太は拍子抜けした。まったく知らない男だ。

「教えてくださってありがとうございます……あの、どうしてわざわざそれを俺に？」

「その方が面白くなると思ってな。ただし、なぜ俺がそう考えたのかまでは教えないぞ。自分の頭で考えることだ」

千村は配下の者たちに「行くぞ」と言って歩き出した。いつものように虎太だけがぽつりとそこに残された。

――牧蔵という古道具屋の主ねぇ……。

虎太は、どこかでその名を聞いたことがなかったか必死に考えた。しばらくそうして頭を捻《ひね》った後で、ゆっくりと顔を上に向けた。そして、星が瞬《またた》き始めた宵《よい》の空に向かって「知らんっ」と大きな声で叫んだ。

ついてくる男

――


「ああ、これはどうも。いつも虎太の馬鹿がお世話になっております」

店に入ってきた治平の顔を見るなり友助が頭を下げた。

この男は虎太の同郷の兄貴分だ。江戸に出てきてからも銭がない時に借りに行くなど、何かと世話になっている。また友助は、虎太のせいで死神の異名を取る女の幽霊につきまとわれるという迷惑も被っていた。そのため虎太は、友助が義一郎や礼二郎、それに住んでいる長屋の大家や他の住人に会うたびに「虎太の馬鹿が云々《うんぬん》」と挨拶《あいさつ》するのに閉口しているが、いつも文句を言えずに小さくなって畏《かしこ》まっている。

「おや、友助さんじゃないか。珍しいな」

治平が少し驚いたような声を出しながら、蕎麦屋《そばや》「古狸」の小上がりに上がってきた。

「向こうに顔を出したら、虎太はこっちにいると言われたのでね」

飯屋の方が混んでいたため、虎太と友助は蕎麦屋の方で酒を飲んでいたのだ。こちらにも多く客は入っていたが、飯屋と比べるといくらかましだった。食い物屋が三軒並んでいる古狸はどれも一家でやっている店だから、別に飯屋の方で蕎麦を食ってもいいし、蕎麦屋で団子を食っても構わない。それで、少しでも静かなこちらを選んだのである。もちろん虎太の前にある膳には蕎麦ではなく茄子《なす》の料理が並んでいる。あまり飲みすぎると泣いて暴れるので、酒は控えめだ。

「ええと、前に会ったのは梅雨時《つゆ》だったから、友助さんが古狸に来るのはひと月ぶりくらいか。屋根葺《ふ》きの仕事が忙しそうじゃな」

治平が腰を下ろしながら訊《たず》ねると、友助は首を振った。

「梅雨時と比べれば今は雨が少ないから、毎日のように仕事はしています。しかしここに来られないのは、そのせいじゃありませんよ。ほら、俺は引っ越したから」

友助は元々この古狸のある福井町の裏店《うらだな》に住んでいたが、例の死神と異名を取る女の幽霊から逃れるために住まいを移ったのだ。

新たな住《す》み処《か》は下谷にある長屋の、表店《おもてだな》の二階家である。元の裏店と比べるとかなり広いが、店賃《たなちん》は安くしてもらっており、前の裏店とほとんど変わらない。

なぜならそこは神隠しの長屋と呼ばれている場所だからだ。おまけにいなくなった女の幽霊まで出る。虎太はその長屋に何日か泊まり、女の幽霊をしっかり見てしまった。

しかし友助は何も見たり感じたりしておらず、満足して暮らしているようだった。

「そうじゃったな。今日は下谷からここまでわざわざ飲みに来たというわけか」

「たまには顔を見せないと虎太がうるさいものですから。あの狭い虎太の部屋に来いと言うんですよ。忠とかいう子猫を見せるために。どうやら、いざという時には俺に預けようと考えているらしい。馴《な》れさせようと思っているみたいだ」

友助がじろりと睨《にら》んできたので虎太は首を竦《すく》めた。まったくその通りである。

「そんなことは余計な心配だと俺は思うけどね。手がかかるのは子猫のうちだけで、すぐに我が物顔で好き勝手に長屋を歩くようになる。餌《えさ》は義一郎さんが毎朝届けているそうだから困らない。あと少しすれば、お前が数日部屋を空けても平気になるさ」

「そうだといいんですけどね……」

今のところ、そうなる兆しはない。とにかく誰かしら人の姿が目に入っていないと鳴く猫なのだ。お蔭《かげ》で夜、厠《かわや》へ小便に行くのも大変である。忠が寝ている隙《すき》にそっと出ていくのだが、戻ってくるとにゃあにゃあと大騒ぎしている時があるのだ。昼間は同じ長屋に住んでいる居職《いじょく》の職人の部屋に置いてくるが、まったく同じらしい。

「まあ猫のことはともかくとして、俺が今日ここへ来たのは、面白い話を聞き込んだからでもあるんですよ」

友助は顔を治平へと向けた。

「ほう。それはもちろん、あの手の話なんだろうね」

「もちろんです。ただ、お客がたくさん入っていて古狸の店の人たちがてんやわんやだ。もう少し経《た》ってからの方がいいかな」

特に礼二郎が大変そうだった。いつもは蕎麦屋の方の店主としてほとんどこちらの店にいるが、今日は飯屋との間を行ったり来たりしている。今は姿が見えないから、飯屋の方にいるようだ。

もちろん、お悌も客の注文を受けたり料理を運んだりと忙しく立ち働いている。だが、この娘の場合はさほど大変なようには見えなかった。客の間をふわふわと漂っている感じだ。多分、注文の間違いが多く出ていることだろう。

「ううむ、そうか……しかし、さっきちょっと覗《のぞ》いた時に見えたが、飯屋の方にいる客は町内の若い衆たちだった。餓鬼《がき》の頃からこの辺りに住んでいる連中でね。ふた月に一度くらい集まって、みんなで飲む時があるんだよ。今日がそうなのだろう。だから多分、遅くまでいると思うよ。それに、言ってみれば義一郎と礼二郎も連中のお仲間みたいなものだからね。二人ともずっと客に付き合うに違いない」

「それは参ったな。せっかく虎太の飯を無代《ただ》にしてやろうと思ったのに、その二人がいないんじゃ話にならない。また明日にするか……いや、しかし……」

友助が困ったように顔を曇らせた。少し離れた場所に住んでいるので、そう何度も続けて来るのは面倒だと思っているのだろう。

「あら、今これからお話をしても平気よ」

突然、虎太の背後でお悌の声がした。びくりと身を震わせて振り返ると、空の盆を持ったお悌がにこにこしながら立っている。どうやら怖い話が始まるのを察して現れたようだ。

虎太は、お悌が現れるなら店の奥からのはずだと思い、そちらが見えるように表の戸口を背にして座っていた。ところがお悌は、その戸口から入ってきた。まったく不覚だ。油断して屁をしたりしなくてよかったと胸を撫《な》で下ろしながら背筋を伸ばし、顔をきりりと引き締めた。

「友助さんはなぜうちの店が怖い話を聞き集めているのか知っているのだから、ちゃんと幽霊が出た場所なり遭った人なりが分かっている話をしてくれるでしょう。信用があるから、後であたしなり治平さんなりが兄さんたちに教えるだけで構わないわ」

お悌は座敷に上がってきて、友助と治平の間に座り込んだ。手にしていた丸い盆を胸の前に立てて持ち、小首をやや傾けながら友助の方へ顔を向ける。話を聞く体勢なのだろう。どことなく餌を待つ犬のように見えなくもないが、それはそれで可愛いと虎太は思った。

「ううん、お悌ちゃんがそう言うなら構わないかな。だけど、あっちの店の方はいいのかい」

「兄さんたちが二人とも向こうにいるから平気よ。もしお蕎麦の注文があったら呼びに行くように言われているの。だからあたしはしばらくこっちにいるわ」

「それなら話を始めるとするか。虎太もいいな」

友助は虎太の顔を覗き込んだ。

「はは、もちろんでございます。ここはそういう店なのだから覚悟はできています。今さら何をおっしゃいますやら」

「そうか、それでは……」

「ああ、ちょっと待った」

虎太は広げた手を前に突き出して友助を止めた。一度大きく息を吐き出し、それから手をくるりと回して手の平を上にした。

「どうぞ始めてください」

「なんだ、その間は。まあ、それでお前が落ち着くなら構わんが。それでは本当に始めるぞ。ええと、これは俺が屋根葺きの仕事で三田《みた》を訪れた時に耳にした話だ。あまり芝《しば》まで行くことはないんだが、そっちの方に住んでいる兄弟子から頼まれて珍しく出向いたんだよ。そうしたら、地元の大工からなかなか面白い話が聞けた。その人によると、少し前まで三田に治郎八《じろはち》という指物師《さしものし》がいたそうだ。主に簞笥《たんす》を作っていたから、簞笥師と呼んでもいいかもしれない。この治郎八さんの身に起こった出来事でね……」


衣裳《いしょう》簞笥や茶簞笥、細かい抽斗《ひきだし》がたくさんついた薬簞笥、下に車がついていて動かしやすい車簞笥など、治郎八は簞笥と名がつく物なら何でも作った。腕もいいので次から次へと仕事が入り、たいそう忙しく働いている様子だったという。

だが治郎八には不満があった。注文される簞笥のほとんどが桐《きり》であることだ。

江戸では、箪笥に使われる材は桐が一番とされている。湿気に強いので衣裳を入れておくのに適しており、また案外と燃えにくく、軽くて動かしやすくもあるために火事の多い江戸では重宝されるのだ。それにまっすぐの木目が綺麗《きれい》に並ぶ、柾目《まさめ》の美しさもある。凛《りん》とした涼しげな模様だが、桐は色が白っぽいので、それでいて柔らかさも感じられるのだ。

だから治郎八にも、桐の人気があるのは分かる。これで箪笥を作ることにも文句はない。注文されれば腕をふるって客が満足いくものに仕上げていた。

しかし一方で治郎八は、行儀のよい柾目ではなく、ひねくれた板目模様の面白さにも惹《ひ》かれていた。特に美しいのは欅《けやき》だ。玉杢《たまもく》と呼ばれる波や渦巻きのような模様が現れる場合がある。これを前板に使った箪笥を作りたいと常々思っていた。

ただ、客からの注文もあまりなかったが、それだけでなく治郎八が納得のいくほどの見事な玉杢を持つ材も、そうそう見つからなかった。何百年という長い年月を経て巨木になった欅からしか取れないからだ。だから治郎八は日々仕事に精を出しつつも、どこか不満を抱きながら暮らしていた。

「……そんな治郎八さんにとうとう注文が来たんだ。ある大店《おおだな》の旦那からの頼みでね。銭はいくらかかってもいいし、いつまでに作れとか、ここはこうしろとかいう口も出さない、とにかく治郎八さんが満足するような素晴らしい箪笥を作ってくれと言われたそうなんだ。治郎八さんは大喜びであちこちの材木商を回り、欅の大木から取られた板を探した。しかし残念ながら、治郎八さんが望んでいるような材木はなかなか見つからなかったんだ。それでも諦《あきら》めずに探し回っていたら、ある時ついに出たんだよ、治郎八さんが納得するような欅が。木というのは伐《き》ってからすぐに使えるわけではなく、十分に寝かせないといけないそうだ。欅の大木の場合なら十年くらい経たないと駄目らしい。治郎八さんが見つけた材木は、ちょうど十年ほど前に伐られたものだったんだ。治郎八さんは大喜びでその欅を買い、ひたすら仕事に打ち込み出した。ところがだ、それを作り始めた頃から、奇妙な夢を見るようになってしまったんだよ」

夢の中で治郎八は、夜道を歩いていた。

ふと気配を感じたので立ち止まって振り返ると、はるか後ろに人がいた。のろのろとした足取りで治郎八の方へ向かってきている。辺りは真っ暗なのに、不思議とその者だけはしっかりと目に入った。まるで闇の中に浮かんでいるかのようだ。見知らぬ男である。

治郎八は再び前を向いて歩き出した。まっすぐな道が続いている。少し先の方は闇に溶けてしまって見えないが、それでも治郎八はここを進めば三田の我が家へ行き着くと分かっていた。

しばらく歩いてから、また後ろを振り返った。さっきの男はまだいる。心なしか近づいているような気がした。

治郎八は首を傾げた。男の足の動きは明らかにゆっくりだ。自分はわりと早足で歩いているから、男との間は広がっているはずである。しかし実際には違う。

前へと向き直り、耳を欹《そばだ》てながら歩き始める。自分が見ていない時に男が足を速めているのではないかと疑ったからだ。しかし、そのような足音は一切耳に入ってこなかった。

そのまま少し進んでから、治郎八はみたび振り返った。男はいる。そして、明らかに近づいていた。

追剝《おいはぎ》の類《たぐい》だろうか、と身構えながら治郎八は男をじっと見つめた。年は三十代の半ばくらいだろうか。日に焼けているのか、どす黒い顔色をしている。

なかなか喧嘩《けんか》の強そうな体つきをした男だった。治郎八も職人だから力には自信があるが、やり合ったらどうなるか分からない。それにもし相手が刃物を持っていたらお手上げだ。

手には何も持っていないようだが、と考えながら男の様子に目を注ぐ。どこかがおかしい。この男には妙なところがある。

それはいったい何だろう、と思いながら眺めているうちに、治郎八はあることに気づいた。背筋がぞっと寒くなる。

男の足の動きと、進む速さが合っていない。のんびりと歩いているように見えるのに、早足で歩くくらいの速さで近づいてくる。

さらに治郎八は、男の首に縄が食い込んでいることにも気がついた。縄の反対側は男の背後の地面を這《は》っている。

男は首に巻き付いた縄を引きずりながら、治郎八を追いかけていたのである。

「……そこで治郎八さんは目を覚ました。だから、ここまでが初めてその男の夢を見た時の中身になる。治郎八さんは三田にある長屋の表店に仕事場を構えていて、夜は二階で寝ていた。十八になる倅《せがれ》がいるが、他の職人の元で修業をしており、かみさんと二人暮らしだ。飛び起きた治郎八さんは横で寝ているかみさんを無理やり起こして、この夢の話を聞かせたんだよ。よほど怖かったんだろうな。かみさんの方は迷惑だったようだが。しかも、その迷惑はこれで終わりではなかった。次の晩も、また次の晩も同じことが続いたんだ」

夢の中身に変わりはなかった。治郎八は暗い夜道を歩いていて、気配を感じて振り返ると見知らぬ男がはるか後ろにいる。しばらく歩いてから振り返ると、さっきよりも近づいている。また少し歩いてから振り返ると、さらに男は近い所にいる。治郎八は男の足の動きと進む速さが合っていないこと、そして男が首に巻かれた縄を引きずって歩いていることに気づき、ぞっとして飛び起きる。それの繰り返しだ。

三度目からはさすがに先が読めるようになったが、それでもなぜか夢の中の治郎八はまったく同じことをした。

そして五回目を超える頃に、わずかな違いが出るようになった。治郎八と男の動きはそのままだが、辺りの景色が変わったのである。それまでは道の脇に何があるのか分からないような真っ暗な場所を歩いていたが、ぽつぽつと周りに人家が見えてきたのだ。

そしてさらに回を重ねると、治郎八は町中を歩くようになった。ただし、辺りはひっそりとしている。それは夜だから、というわけでもなさそうだった。人の気配というものが一切しないのだ。途中にあった自身番屋にすら誰の姿もなかった。人が消え去った暗い町の中を治郎八と見知らぬ男だけが歩いている。

薄気味悪かったが、その一方で治郎八は自分がどこにいるのか分かって、いくらか胸を撫で下ろしていた。町並みから、知っている場所だと気づいたのだ。麻布《あざぶ》の辺りだった。遠くからはるばる歩いてきたが、三田の我が家までもうすぐである。

「……そこでほっとしながら振り返り、男の首に巻かれた縄を見てぞっとして目を覚ます。まあ、やっていることは同じだ。間もなく家に帰り着くというだけだな。それともう一つ、夢ではなく現《うつつ》の方の話だが、例の箪笥もようやく出来上がるというところまできていた。それからさらに少し経ち、いよいよ明日には作り上げた箪笥を引き渡すという夜……」

夢の中の治郎八は、とうとう我が家に辿《たど》り着いた。なぜか人がすり抜けられそうなくらい表戸が開いていたので、男の方を振り返りもせず体を差し入れて中に入る。そして戸をぴしゃりと閉め、内側から閂《かんぬき》をかけた。

だが、まだ安心はできなかった。治郎八は急いで土間から上がり、まっすぐ家の奥へと進んだ。そして裏口の戸にもしっかりと心張棒《しんばりぼう》を支《か》った。

これで平気なはずだ。さすがにあの男も家の中にまで踏み込んではこないだろう。随分《ずいぶん》と長く歩き続けた気がする。治郎八はぐったりとした気分で梯子段《はしごだん》の方へと向かった。

実際に体が疲れ切っていた。手を使って這うように梯子段を上がる。そうして、やっとの思いで二階に着き、ふうっ、と大きく息を吐き出しながら振り返った。梯子段の上から一階を見下ろしたのだ。

戸を開けた気配は一切なかったのに、そこにあの男が立っていた。

「……で、治郎八さんは目を覚ました。それから横に寝ているかみさんを叩《たた》き起こして、この話を聞かせたんだ。これが簞笥を引き渡す前の晩に見た夢だよ。いや、もう明け方近くになっていたらしいから、その日の朝かな。とにかく簞笥は出来上がり、治郎八さんは注文した大店の旦那の元へと運んだんだ。その簞笥を見て先方は大喜びしたそうだ。旦那も玉杢の美しさが分かる人だったんだろうな。それで治郎八さんは礼金も含めて、初めに約束していたのよりもかなり多くの代金を受け取った。その上、料亭へ連れていかれて値の張りそうな料理を振る舞われた。綺麗どころも呼んでどんちゃん騒ぎよ。朝早くに箪笥を届けに出かけた治郎八さんが三田の自分の家に戻ったのは夜の四つ近くだったらしいな。かみさんによると、酒が入ってかなりいい気分で帰ってきたそうだ。治郎八さんは二階の寝所に入り、そのまま倒れるように寝てしまった。そして翌日の明け方頃……」

治郎八は、ぱちりと目を覚ました。

暗い中で目を凝《こ》らす。すると見慣れた我が家の天井板が見えた。体を起こし、周りに目を配る。こちらに背を向けて寝ているかみさんがいるだけだった。部屋の中にあの男はいない。

立ち上がり、梯子段のそばまで歩いた。そこから恐る恐る下を覗いたが、やはり男の姿はなかった。どうやら悪夢は終わったようである。

治郎八は大きく安堵《あんど》の息をつき、嬉《うれ》しい気分になりながら自分の布団に戻った。そして再び体を横たえたが、すぐにまた起き上がった。この喜びをかみさんに伝えておこうと思ったのだ。

いつもは怖い夢の話を聞かせているが、今日はそうではない。迷惑なことには変わりがないが、それも最後だから構わないだろう。治郎八はそう考えながらかみさんの体を揺すった。

かみさんがゆっくりと治郎八の方へ顔を向けた。いや、それはかみさんではなかった。あの男だった。

息を吞《の》み、大きく目を見開いている治郎八を男はひと睨みし、それからにやりと笑った。

「お前さんは金を受け取ったね。それなら俺と同じだ。ざまあみろ」

男は自らの首に巻き付いている縄の、反対の端を握った。そして、さも楽しそうな表情で縄を振り回し始めた。

「……そこで治郎八さんは目を覚ました。つまり、そういう夢だったんだな。その後で、恐る恐るかみさんを起こした。今度は本物のかみさんだったので、ほっとしながら今の夢の話をしたんだ。この時に治郎八さんは、もしかしたら夢はあの簞笥と何らかの関わりがあるのではないかと思ったようだ。それで、その日の朝早く、再び簞笥を買った旦那の所へと出かけていった。気の毒なことに、かみさんが治郎八さんを見たのはそれが最後になってしまった。そのまま帰ってこなかったんだよ。旦那には会って、夢の話をしたらしい。しかしその後でどこかへ行ってしまった。念のために言っておくが、旦那から受け取った箪笥の代金は家に置いていったから、余所《よそ》に作った女と逃げたとかじゃないぞ。なぜだかは分からないが、とにかく姿を消してしまったんだ」

治郎八の行方が分かったのは、それから十日ほど経ってからだった。

残念ながら死体になっていた。追剝の類にやられたとか、誰かと揉《も》めて刺されたとかいうわけではない。どうやら治郎八は、自ら首を括《くく》ったらしかった。

なぜ死んだのか分からないので、かみさんは困惑した。さらにかみさんを悩ませたのは、治郎八が首を括った場所だった。知り合いもいないし、仕事などで訪れたことがあるとも聞いたことがない、まったく心当たりのない土地で命を絶っていたのだ。

治郎八の死体が見つかったのは雑司ヶ谷の畑の中にある、雑木林だった。

「……実はまだ俺の話には少し続きがある。だが大きいところはこれで終わりだ。どうだったかな。少しは怖がってくれたか」

友助はいったんそこで話を止め、満足げな顔で虎太を見た。しかしあまり怖がっている様子がないと感じたのだろう。慌《あわ》てて治平に、そしてお悌へと目を移した。どちらも神妙な顔つきで首を傾げているだけだった。

「お、おいおい、治平さんとお悌ちゃんはともかく、お前まで怖がらないってのはどういうわけだよ」

虎太へと目を戻した友助は、不満そうに口を尖《とが》らせた。

「首に縄を巻いた見知らぬ男が追いかけてくるんだぞ。終《しま》いには家にまで上がり込んできて、かみさんに化けた。夢とはいえ十分に怖いだろうが。しかもその後で治郎八さんは、首を括って死んでしまった。夢の男と関わりがありそうで、ますます怖い。それなのに平気な顔をしているってのはどういうわけだよ。お前、猫太のくせに……」

「いや、友助さん。俺は震え上がっていますって。とりわけ最後の最後が怖かった。まさか雑司ヶ谷の畑の中の雑木林で首を括るなんて」

前の話と繫《つな》がってしまった。びっくりである。多分、治郎八が首を括ったのは妙な具合に枝がねじ曲がった松であろう。あの朽ち果てたお社《やしろ》の裏にある木だ。

もしかしたら夢の中で治郎八を追いかけてきた男は、先祖代々守ってきたお社を放り出した庄作という百姓ではないだろうか。

のか。

庄作はお社を蔑《ないがし》ろにするだけでなく、その裏に立っていた御神木と言われている木を売り払ってしまった。治郎八が作った箪笥の材は、その御神木だったのではないのか。

虎太はそう思った。恐らく治平やお悌も同じことを考えているに違いない。

「そ、そこなのか。雑司ヶ谷の雑木林で死んだのがそんなに怖いか。俺には分からん。他に怖がるところがあると思うんだが」

ただ一人、前のことを知らない友助だけが戸惑っている。

「……友助さん、詳しいことは後でまとめてお話しします。先に、まだ少しある続きってやつを話してくれませんか」

虎太はそう言いながら治平とお悌の顔を見た。二人とも頷いていた。その方が面倒がなくていいと思っているようだった。

「そ、そうか……ええと、続きってのは箪笥を買った大店の旦那の話だ。この人もまた、治郎八さんと同じような夢を見るようになってしまったんだよ」

「……ということは、その旦那さんも雑木林で首を括ったということですかい」

「いや、そうはならなかった。今もまだ生きているよ。この旦那は、箪笥を買ってすぐの頃は妙な夢を見ることがなかった。しかし夢の話を治郎八さんから聞いているかろ、気味悪く思ったのだろう。箪笥を別の大店の旦那に売りつけようとした。ところが、そうしたらあの夢が始まったんだ。その後、売ろうとした相手がどこかから治郎八さんのことを聞いたらしく、箪笥の売り買いの話は立ち消えになってしまった。すると夢が止まったんだ。そこで旦那は、もしかしたら商売をするのがいけないのではないかと考えた。そこで、別の場所に箪笥を移すだけにしたんだよ。大店だけに根岸《ねぎし》に寮を持っていたので、そこに箪笥を運び入れたんだ。お蔭《かげ》でせっかくの寮が使えなくなってしまったようだが、それで命が助かるのなら仕方がない、と旦那は諦めたらしい」

寮というのは別荘のことであるが、それが今はただの箪笥置き場になっているわけだ。もったいない話である。

「まあ、仕方がないのでしょうかねぇ。そんな箪笥を売り払うわけにもいかないし、そうかと言って捨てたり燃やしたりするのも何か悪いことが起こりそうで嫌だ」

「うむ、虎太の言う通りだ。まあ、そうは言っても商売人だからね。損をするのはやはり我慢がならないのだろう。諦めたように見えて、実はその後も箪笥を売ろうとしたらしいんだよ。だが駄目だった。やはりその話を進めようとすると例の夢を見てしまうんだ。それでやむなく、今でも寮に置かれ続けているというわけだ」

「その方がいいわね。下手をすると命を落とすから」

ここでお悌が口を開いた。言っていることは不穏だが、口調は楽しそうだ。しかし、そのことでかえって不気味さを増している。可愛らしい顔をしているから余計に怖い。

「治郎八さんの夢に出てきた男……多分、庄作さんだと思うけど、その人は最後に治郎八さんに『金を受け取ったね』と言ったのよね。それはきっと篳篥の代金のことでしょう。御神木を伐り倒して作った物を売り買いの種にしてしまった。だから罰が当たったんだわ。治郎八さんはそれが仕事なのだから厳しいと思うけど、礼金として余計に貰《もら》ったらしいから、その時に心の中に欲みたいなものが紛れ込んでしまったんじゃないかしら」

「ふむ、神様は怒らせると怖いと言うが、本当に厳しいのう」

治平が顔をしかめながら首を振った。

「御神木を売り払った庄作という男はともかく、治郎八さんの命まで取ることはないと儂《わし》は思うのだが。まあ、それを言うなら庄作の女房と子供の方が気の毒だけどね。こちらは欲のようなものは何もないのに命を落としてしまった。恐らく庄作の身内だからだろうが、何とも理不尽な話じゃ」

治平は大きく溜息《ためいき》をついた。それから顔を友助の方へ向けた。

「これで友助さんの話は終わりのようじゃな。多分この後は、今も箪笥が置いてある寮に虎太を泊まらせてやろうと考えているのだろうね」

「へ、へい。その通りです」

「詳しいことは後で教えるが、とにかく今は、その箪笥は雑司ヶ谷の雑木林の中にあった、御神木と言われていた欅を伐り倒して作られたものだということだけ知っていてくれ。木を売り払った庄作という男は当然じゃが、箪笥を作って売った治郎八までもが死んでしまった。お悌ちゃんが言ったように、それで銭儲《ぜにもう》けをしたから罰が当ったんだろう。そうなると、もし虎太がその箪笥のある寮に泊まったとしても、何も起こらないかもしれない。しかしその一方で、虎太ならうっかり夢を見てしまうかもしれない、と思わなくもない。寮に泊まることで無代飯を食えるわけだから欲も動いているしね。いずれにしろ物は試しだ。とりあえず虎太をそこに泊まらせてみて……」

「ま、待ってください」

虎太は慌てて口を挟んだ。

「いくらなんでもそれはちょっと……古狸の飯代なんて一食分で二十四文ですよ。一品だけなら八文で食える。材木や箪笥でどれくらいの銭が動いたのか知りませんが、きっとそれと比べれば雀《すずめ》の涙ほどのものでしょう。そんなわずかな銭で神罰に触れ、俺が命を落とすようなことになったらどうするんですか」

「その死に方は虎太らしいと言えなくもないと思うぞ」

「ひ、酷《ひで》え……」

今回の神罰に勝るとも劣らない理不尽さだ。

「ふむ、まあ確かにそれで死んだら笑えないな。先ほども言ったように、神様は怒らせると怖い。この話をどこかで亀八さんが耳にするということもないとは言えないから、寮の近所に住む人などに、亀八さんらしき男を見かけたら知らせてくれるように頼むことはしておいた方がいいだろう。しかしそこへ虎太を行かせるかどうかは、ちょっと考えてしまうな。今回ばかりはやめた方がいいと儂は思うのだが、どうだろうか」

治平が友助とお悌の顔を交互に見ながら訊ねた。

「よく分からないが、治平さんが言うならそれでいいんじゃないですかね」

友助が頷《うなず》く。

「あたしも、その方がいいと思うわ」

お悌も二人に同意した。

虎太は驚きで口がぽかんと開いてしまった。これまではどんなに怖い場所であっても、結局は虎太が足を運ぶことになっていた。行かなくて済み、そのことで馬鹿にされることもないのは初めてのことである。

虎太は深く感動しながら、せっかく開けた口だからと茄子の漬物を放り込んだ。

二

翌日の夕方、虎太は京橋南の山下町をうろついていた。

千村新兵衛から聞いた、牧蔵とかいう男がやっていた古道具屋を探しに来たのである。そのために仕事を早めに切り上げさせてもらったのだ。

この牧蔵もあの雑木林で首を括って死んでいる。だからもしかしたら、その古道具屋では例の御神木から取られた材で作られた何かを売っていたのではないか、と考えたのである。御神木は大きかったらしい。当然、箪笥を作るためだけではなく、他の部分も何かに使われたはずだ。

もちろん店主の牧蔵が死んだのだから古道具屋は店を閉じているかもしれない。しかしまだそれから大して経っていないので、近所の人や家の者から色々と話を聞けるはずである。

――しかし、肝心のその店が見つからないんだよなぁ。

通りを歩いている人などに訊ねてもみたのだが、誰も知らなかった。一人だけ心当たりがあるという者にも出会ったが、行ってみるとそこは隣町にある別の古道具屋だった。そんな感じで虎太はずっと山下町の辺りを行ったり来たりしていた。お蔭で通り沿いに並ぶ店の者たちから怪しむような目で見られるようになり、道を訊ねづらくもなっている。

――ううむ、だからといって歩き回っているだけでは埒《らち》が明かないしなぁ。

次の角を曲がった所に店があったら、中に入って訊《き》いてみよう。もし商いをしていない家だったとしても、ごめんくださいと声をかけて古道具屋を知っているか訊いてみるのだ。虎太はそう心に決め、勢いよく角を曲がった。

――ううむ、なるほど。そう来たか。

そこは空き地だった。

これは何かの力が働いて俺を古道具屋に近づけないようにしているのだろうか。それとも、ただ俺の運が悪いだけだろうか。

多分、運の方だろうな、と肩を落としながら虎太は空き地に足を踏み入れた。丈の長い夏草が多く生えているその向こうに、木が一本立っているのが見えたからだ。夕方とはいえまだ十分に日差しがあった。それに暑い中であちこち歩き回ったために疲れてもいる。だから木陰で少し休もうと思ったのである。

——おや。

木に近づいた虎太は首を傾げた。一匹の猫が木の陰にいて、しきりに後ろ脚をぶるぶると震わせていたからだった。大人の猫だが、随分《ずいぶん》と痩《や》せ細っているように見えた。

いったい何をしているのだろうと思いながら虎太はさらに近づいた。そして猫の様子をまじまじと見て眉《まゆ》をひそめた。

猫の後ろ脚に紐《ひも》が結ばれている。もう一方の紐の先は木に括りつけられていた。たまたま運悪く絡まってしまったのではなく、何者かが猫が逃げないようにそうしたようだ。

——酷《ひど》いことをするやつがいるもんだな。

元々虎太は、猫好きというわけではなかった。それどころか、子供の頃から猫太、猫太と馬鹿にされてきたものだから、むしろ少し嫌いだった。

になっている。

だが、忠を飼い始めた今は違う。猫太と呼ばれるのは御免だが、猫そのものは好き

「おい、逃がしてやるんだから怖がるなよ」

優しく声をかけながら近づいていく。もちろん猫にそんな言葉が通じるはずもなく、怯《おび》えて暴れ出した。

しかしそうなるのは虎太も分かっていた。ごめんよと言いながら首の後ろをつかんで持ち上げ、紐が緩むように木の方へと寄る。

猫は体を捻《ひね》ったり脚をばたばたと動かしたりして虎太の手から逃れようとした。それをうまくいなしながら、虎太は猫の後ろ脚から紐を外した。

「よし、もういいぞ」

地面に下ろすと、猫は物凄《ものすご》い速さで駆け出していき、あっという間に見えなくなった。

——昔話か何かなら、あの猫が牧蔵の古道具屋まで導いてくれるのだろうけどな。

苦笑いを浮かべながら、虎太は猫が消えた先をぼんやりと眺めた。

——いや、どうせなら若い娘に化けて恩返しに来てくれた方がいいな。

虎太はその時の場面を頭に思い描いた。夜、狭くて汚い虎太の部屋の戸を叩く者が

いる。「誰だい」と声をかけると、「あの時の猫でございます」との返事。まさかと思って戸を開けると、そこにはお悌と瓜二《うりふた》つの可愛らしい娘が立っていて……。

ぬふふ、と虎太は笑い声を漏らした。それとほぼ同時に、背後から「ああっ」という大きな声が聞こえた。

「何だよ、逃がしたのかよ」

首を巡らしてそちらを見ると、十六、七くらいの若い男が虎太を睨みつけていた。身なりはどこかのお店者《たなもの》のような感じだが、あまり目つきはよくない。

「やっと捕まえたのに、酷いことをするやつだな。どうしてくれるんだよ」

「何だと、こら」

虎太は若い男の方へ体を向けて、睨み返してやった。

お悌がいるから古狸ではなるべく大人しくしているが、虎太は決して行儀のいい人間ではない。むしろ気が短く、喧嘩っ早い方だ。

「てめぇこそ猫を捕らえて、いったいどうするつもりだ」

「あいつはうちの店の庭を厠代わりに使う酷い猫なんだよ。旦那様がそれで困っているんだ。だから二度とこの辺りに近づかないように、痛い目に遭わせてやろうと思っていたんだよ。何をするかは内緒だけどな」

「ふうん」

虎太は若者の手元を見た。擂粉木《すりこぎ》のような棒を持っている。

「ふむ、それで猫を叩いてやろうって腹だったか。まあ確かに猫の糞尿《ふんにょう》は臭《くさ》いから、庭を厠に使われたら頭に来るのは分かる。それを逃がしちまった俺に対して腹を立てるのも無理はない。だから……俺が猫の代わりになってやろう」

「どういうことだよ。代わりに叩かれてやるってことかい」

「うむ、そういうことだ。ただし、もしそんなことをしようとしたら、たとえ縛《しば》られていたとしても猫は必死に暴れただろう。もちろん俺も同じだ。大人しくしているつもりはない。存分に暴れさせてもらう」

相手の得物は擂粉木一本だけだ。取り上げて反対に叩いてやろう、と虎太は考えながら何歩か若者に近づいた。これまで何度も喧嘩をしてきているので、見ただけでも相手の力量は何となくつかめた。得物さえ取り上げたらこいつには勝てる。

「へえ。そういうことなら、こっちも猫にしようとしていたのと同じことをしてやるよ。それで構わないよな」

若者の方は落ち着いている。虎太を見くびっているようだ。

「もちろんそれで構わないよ。遠慮なくやってくれ。どんなに卑怯《ひきょう》な手を使ってもいいぜ。その代わり、俺に殴られても泣くんじゃないぞ」

「それじゃ、遠慮なく」

若者はふっと横を向くと大きく手を振り始めた。

「おおい、みんな早く来てくれよ。この兄さんが猫を逃がしちゃったんだ。それで文句を言ったら、おいらのことを殴ろうとするんだよ」

ええっ、と思いながら虎太は若者が見ている方へ顔を向けた。

通りの向こうから七、八人の男たちがこちらへと走ってくるのが目に入った。下は十四、五歳から、上は二十五、六歳くらいまでといった辺りの者たちだ。どいつもこいつも手に竹箒《たけぼうき》や柄杓《ひしゃく》といった道具を持っている。若者と同様、猫を叩く得物として使うつもりだったようだ。どうやらみんな、若者と同じ店の奉公人らしい。

「て、てめぇ、卑怯だぞ」

虎太が言うと、若者はふふん、と鼻で笑った。

「兄さんがそれでいいと言ったんだろう。ああ、念のために教えておくけど、うちの店の旦那様は『火事と喧嘩は江戸の華』と考えていらっしゃってね。ちょっとくらいの揉め事なら笑って許してくださるんだ」

「柄の悪い店だな、まったく」

虎太は嘆きながら素早く辺りを見回した。残念なことに、そこは三方を板塀《いたべい》で囲まれた空き地だった。逃げ場はない。

目を戻すと、加勢に来た男たちが空き地に入ってくるところだった。あれよあれよという間に虎太は囲まれてしまう。

「うちの者が必死になって捕まえた猫を逃がしてしまったそうでございますね」

一番年嵩《としかさ》に見える男が口を開いた。物言いは丁寧だが、それでいてどこか凄みのある口調だ。人相もよくない。本当にどんな店なんだよ、と思いながら虎太は男に向かって頷いた。

「しかも、こいつのことを殴ろうとしたとか」

年嵩の男は顎《あご》をしゃくって初めにいた若者を示した。間違いではないので虎太はまた頷いた。

「それで何もせずにすごすごと引き揚げたら、私どもが旦那様に叱《しか》られてしまう。すみませんが、ちょっと痛い目に遭っていただきますよ。その後でうちの店まで来ていただく。そちら様の酷い顔を見たら旦那様も納得されるでしょう。ああ、わざわざ歩かなくても、私どもで引きずっていきますから、その点はご心配なく」

それでは始めますか、という男の声を合図に、他の者たちが得物を構えた。こうなっては仕方がない。虎太も身構えた。

先に動いたのは虎太だった。多勢に無勢で不利だから、まずこちらから仕掛けて相手の隙を作り、うまく逃げ出そうと考えたのだ。

だが、さすがに十人近くの男を一人だけで相手にするのは無謀だった。もっとも弱そうな、一番年下に見える若者に向かっていったのだが、横の低い所から竹箒の柄が伸びてきた。虎太の脚を狙ってきたのだ。

下手に勢いがあったせいで、虎太は派手にすっころんだ。その背中を擂粉木や柄杓で激しく叩かれる。また、足で上から踏み付けられもした。棒のような物を使われるよりも、こちらの方がはるかに痛かった。

やがて相手は、虎太の脇腹や尻なども横から蹴り始めた。頭にも痛みが走ったので、慌てて腕で抱えるようして守り、体を丸めた。これで多少はましになったが、ただひたすら相手の攻撃を受け続けるしかなくなってしまった。

これはもう早々に音を上げて、こいつらの店へ引きずられていった方がましかな。

虎太がそう考え始めた時、空き地の端の方から怒声が上がった。

虎太の背中や脇腹に浴びせられていた男たちの攻撃の手が少し緩んだ。どうやら周りにいる人数が減っているようだった。何が起こったのか確かめたかったが、上げた頭を蹴られでもしたら大変だ。我慢してそのまま丸くなり続ける。

しばらくするとまったく蹴られたり叩かれたりすることがなくなったので、ようやく虎太は頭を上げた。ゆっくりと周りを見回す。

男たちが呻《うめ》き声を上げながら地面に横たわっていた。その真ん中に、一人の大男が堂々と立っている。

その大男を見上げて、虎太は驚きの声を上げた。

「あ、あなた様は……」

大きいわりに無駄な肉はなく、引き締まっている体。丸太のように太い腕。そして鬼を思わせる厳《いか》つい顔……。

「……どちら様ですか?」

知らない男だった。一度見たら忘れないような見た目をしているから、会ったことがないのは確かだ。

「けっ、若い娘や猫ならいざ知らず、男を相手に名乗りたくなんかねぇよ」

「は、はあ……」

猫には名乗るのか。変わった男だ。

「俺はただの、通りすがりの魚屋だ。天秤棒《てんびんぼう》を担いで歩いていたら、幼い女の子が声をかけてきてね。向こうの空き地で猫が縛られているから助けてやってくれと言うんだ。それで慌てて駆け付けたら、ちょうどお前さんが猫を逃がしてやったところだった。それで安心して空き地を離れようと思ったんだが、そっちの若い野郎が現れてお前さんに文句を言い始めたから物陰に隠れて様子を窺《うかが》っていたんだ」

　鬼男は地面に倒れている若者を指差した。

「そうこうするうちに他の連中もやってきて、お前さんを痛めつけ始めた。俺はしばらく眺めた後で、もういいだろうと思って飛び出したんだ」

「ひ、酷ぇ……どうしてすぐに助けてくれなかったんですかい」

「少しくらいお前さんがやられてくれないと名分が立たねぇだろう。いきなり俺が出ていったら、ただの弱い者いじめになっちまう」

「これだけの人数が相手にいて弱い者いじめって……」

　虎太は呆《あき》れながら倒れている男たちを見回した。みんなまだうんうんと唸《うな》っている。

　顔を鬼男へと戻した。こちらは涼しい顔をしている。うむ、確かに弱い者いじめだ。

「とにかく助けていただいたんだ。礼を言わなきゃならない。本当にありがとうございました」

　虎太は立ち上がり、鬼男に向かって丁寧に頭を下げた。

「別にそんなことはしなくていい。むしろ俺の方が礼を言わなけりゃならねぇんだから」

「は？」

「念のために訊いておく。お前さん……猫は好きかい？」

「は、はあ……」

　戸惑いながら虎太は頷いた。

「元々はあまり好きじゃなかったんだが、ちょっと縁があって、ついこの間から子猫を飼い始めましてね。白茶の猫で、忠っていうんですよ。そいつが来てから猫好きになりました」

「そうかい。それならさっきの猫と合わせて、二匹分のお礼を言わなきゃならねぇな。助けてくれてありがとうございました。それから忠のこともよろしくお願いします。どうか末永く可愛がってやってください」

　鬼男は虎太に向かって深々と頭を下げた。虎太はますます戸惑った。

「あ、あの……あなたはいったい」

「だから、通りすがりの魚屋だよ。お前さんと同じような猫好きの、しがない棒手振《ぼてふ》りだ。しかしね、ただ猫を猫っ可愛がりするだけじゃ駄目だと思っている。世の中には猫が嫌いな人、あるいはそこまでじゃなくても苦手な人ってのはいるからな。それは仕方がないことだ。俺はね、そういう人に迷惑をかけずに猫がうまくやっていけるような、そんな江戸の町になればいいと考えているんだよ。だから、この連中たちの店の主が猫に庭を荒らされて困っているというのなら、それは何とかしなければならない。自分らの主のために動いただけだから、この男たちに罪はねぇんだ……というわけで俺は今からこいつらの店に乗り込む。お前さんは何か用事があるんだろう。ここでお別れだ。忠によろしくな」

鬼男はそれだけ言うと、くるりと背を向けた。その大きな背中を眺めながら、ああ、この人は江戸の猫の守り神なんだ、と虎太は思った。厳つい顔で猫を優しく見守る鬼神だ。

あの雑木林に祀《まつ》られていたもののように理不尽な罰を当てる神様もいる一方で、この男のような優しい鬼神もいる。不思議なものだ、と考えていると、鬼男の激しい怒声が耳に飛び込んできた。

「おら、さっさと起きて、てめぇらの店に案内しやがれ、この糞野郎《くそやろう》どもが。何なら、みんなまとめて俺が引きずっていっても構わねぇんだぞ」

一番年嵩に見える男を蹴飛ばしている。さっきはこの男たちに罪はないと言っておきながら、もうこれだ。ああ、やっぱり神様というのは時として理不尽な罰を与えるものなんだな、と虎太は苦笑いを浮かべた。

三

「……ということがありましてね。今回の友助さんの話から始まった一件は、何だかよく分からない方へ進んでしまいまして」

虎太は首を傾げながら千村新兵衛に言った。

鬼男に会った日の、翌日の晩である。仕事を終えた後で虎太が古狸に顔を出すと、むすっとした顔で千村が団子を食っていたので、珍しく虎太の方から目配せを送って外に呼び出したのだ。古狸にいた義一郎たちには、忘れ物をしたのでいったん仕事場に戻ると告げてある。

「そもそも怪談を聞いた後で俺がその場所へ行かずに済んだのは初めてのことですからね。そこでまず調子がおかしくなってしまった。しかし友助さんの話を聞いて、千村の旦那が言っていた牧蔵とかいう古道具屋が、もしかしたら伐り倒された御神木で作られた何かを売り買いしたのではないかと気づいた。牧蔵もあの雑木林で首を括りましたからね。それで調べに行ったら、今お話ししたような出来事がありまして。俺が猫を助けたら、今度は俺の方が鬼に助けられたという、鬼猫騒動です。これで昨日は何もできずに部屋に帰りまして……」

「おい、ちょっと待て。それはおかしいぞ」

千村が不思議そうに首を傾げた。

「お前はその後、鬼男と別れたんだろう。十分に牧蔵の古道具屋を調べられたはずだ」

「いや、それが……空き地から出ようと思ったら鬼男に呼び止められまして。棒手振りだから、売り物を入れる半台《はんだい》という桶《おけ》を持っているでしょう。そこから売れ残りの鯵《あじ》を一匹出して俺に寄こしたんですよ。忠に食わせてやれって」

何も入れ物を持っていないのに、そのままの鯵を渡されたのである。呆然《ぼうぜん》としているうちに鬼男はようやく起き上がった連中をぞろぞろと引き連れて空き地から出ていってしまった。

「着物の袂《たもと》に入れると臭くなるだろうし、そうかと言って手に持ったまま古道具屋の場所を訊き回るのも妙でしょう。それで仕方なく昨日は引き揚げたんです」

鰺の尾をつまみ、臭いがつかないように腕を前に伸ばして山下町から久松町にある自分の長屋まで帰ったのである。途中、京橋や日本橋といった人通りの多い場所を通るので大変恥ずかしい思いをした。神様というのは時として理不尽であると改めて思わされたものだ。

「で、ここからは今日の話なんですけど、山下町ではなく、別の所を回ってみたんです。千村の旦那が俺に牧蔵のことを教えてくれたのは、友助さんの話を聞くよりも前だった。だから、前に聞いた話の中に何か牧蔵と関わりがあるような出来事が含まれていたんじゃないかと気づいたんです。それで考えを巡らしたら、お久さんのことを思い出しました。生霊《いきりよう》となってお弓さんという娘の元に現れた人です。そのお久さんが確か、古道具屋で虎の置物を買っていたんですよ。生霊の仲立ちとなったやつです。もしかしたらそれは、牧蔵の古道具屋だったのではないか、と思ったんです。しかし牧蔵は死んでいるし、お久さんは体の具合が悪くなって、休むために親戚の住んでいる所へ行ってしまった」

虎太はお久の店を訪れてみたが閉められたままだった。まだ具合がよくないのだろう。

「そこでまた頭を捻って、もしかしたらお弓さんの父親の辰次さんなら知っているのではないかと思いついたんです。お久さんから、木彫りをする手本として虎の置物を貰っていましたから。訊きに行ってみると案の定でした。牧蔵という店主の名までは知りませんでしたが、山下町の方にある古道具屋でお久さんは手に入れたらしいということは言ってましたよ」

お久の生霊の一件があの雑木林の御神木と繋がった。虎の置物は、御神木から取られた材で作られたものに違いない。牧蔵は商売だから当然のように銭金のやり取りをし、祟《たた》りを受けてしまった。お久は礼金を貰わずに辰次さんに渡したから命は助かったが、お弓の許嫁《いいなずけ》の徳之助に対する密かな横恋慕という、邪念のようなものを抱いていたために、置物が生霊の仲立ちをしてしまった。恐らくそういうことなのだろう。

「うむ。虎太にしては上出来だ。よくそこまで調べ上げた。しかし……」

千村は不満げな顔つきになった。

「……俺が虎太に期待しているのは、そういうことじゃないんだよな。今、虎太が喋《しやべ》ったことなど、とうに俺は知っているんだ。その先にある何かが分かればと思っているんだよ。お前が動くと、どういうわけか何かしらの出来事があるから。今回は鬼男という妙なやつに出会っただけのようだな。多分、そいつは本当にただの通りすがりの、猫好きの魚屋だ。それからお前が痛い目に遭わされた柄の悪い男たち。そいつらが働いている店に心当たりがあるが、こちらも御神木の一件には関わりはなさそうだ。近くの搗米屋《つきごめや》で、ちょっと威勢のいい兄さんたちが集まっているだけの店だよ。そうなると友助の話に出てきた、箪笥の置いてある寮へ虎太が泊まりに行かなかったのが、つくづく残念だ。治平やお悌は止めたようだが、今からでも遅くはない。お前、ちょっと泊まりに行ってみないか」

「それで理不尽な神の怒りに触れたらどうするんですか。これぱっかりは千村の旦那の頼みでも嫌ですよ。俺が旦那の言うことを素直に聞いているのは、命を助けられたことがあるからです。その命の恩人の頼みで、命を落とすことになったら馬鹿みたいだ」

「お前は別に御神木から作られた物の売り買いをしていないのだから平気だろう」

「それでも人並みに銭金や食い物に対する欲はありますから。それを御神木が感じ取るかもしれない」

「ああ、それにお悌に対する邪念もあるしな」

「それは邪念ではございません」

むっとしながら虎太は答えた。無垢《むく》で美しい想いである。

「そうかねぇ……まあ、お前が今回の件に対して逃げ腰になっているのは分かる。関わった者が何人も死んでいるからな。さて、ここからは俺の話だ。そんなお前に教えておきたいことがいくつかあるんだよ」

虎太は眉をひそめた。千村がいい話をするわけがない。蝦蟇蛙《がまがえる》の吉に関わることか、あるいは御神木の一件に繋がりのある話なのは間違いないだろう。

「ううん……またあの雑木林で誰かが首でも吊《つ》りましたか」

「ほう、察しがいいな。ほとんど合っている。一昨日の昼間、死体があの雑木林で見つかったんだ。ただし首を吊ったのではなく、何者かに斬られて地面に転がっていた。お前の知っている男だよ」

「へえ……」

虎太は首を捻った。義一郎と治平はさっき飯屋の方の古狸で見た。下駄の歯直しをしている佐吉もいた気がする。礼二郎の姿は見ていないが、蕎麦屋の方も開いていたから、そちらにいたのだろう。それから死体が出たのは一昨日の昼間ということだから、友助ということもあるまい。箪笥の話を聞いたのはその晩だからだ。

首を吊ったのではないらしいが、わざわざ今、千村が話すということは御神木の件に関わっている男に違いない。これはお久の一件とも結びついたが、辰次は今日会ったばかりだし、徳之助もお弓に会うために辰次の家に顔を覗かせていた。この二人でもない。

「ううん、まったく分かりません。ええと、御神木の件に関わっている男は……」

「面倒臭いから教えちまうぞ。権左だよ。目明しの」

「あ、あの蛇男が……」

すっかり忘れていた。そもそも雑木林の話は権左から聞かされたものだった。それに自分が義一郎とその雑木林を訪れた際、権左が先に来ていて、一緒に足を踏み入れたではないか。

よくよく考えると、もっとも深く御神木の件と関わっていると言ってもいい男だ。

「それにな、虎太。実は権左だけじゃなかったんだ。もう一人、雑木林で死んでいた。この男と権左は、二人とも血の付いた刃物を握っていてね。形としては二人で斬り合いをして、お互いに命を落としたようだ。まあ、俺は少し疑っているがね。この二人を探ると、御神木とは別の何か大きな一件にぶつかるような気がするんだよ」

「……旦那。どうせ俺を動かそうとしているんでしょう。だったらもったいぶらずに教えてください。その雑木林で死んでいた、もう一人の男ってのは誰なんですかい」

「知りたいか？」

「そりゃもちろん」

ここまで言うからには、そちらも自分が知っている男なのだろう。しかし、本当に誰も浮かばなかった。

「それなら教えるが、聞いたらちゃんと動けよ。お前なりの考えでいいから」

「うう……はあ、仕方ありません。教えてもらわないと気になって今夜は眠れそうにないから」

「では言おう。雑木林で死んでいたもう一人の男は……源助《げんすけ》という男だ。櫛《くし》職人だが、碌《ろく》に仕事はしていないようだった。住まいは権左の家からさほど離れていない。だから、何か二人の間に揉め事があって斬り合ったということも確かに考えられなくはないんだよな。それでは、俺は見廻りに行くから」

千村が歩き出した。周りにいた配下の者たちがその後ろからついていく。それらの人々の背中を見つめながら虎太は、櫛職人の源助という男のことを思い出そうと必死に頭を捻った。

千村たちの姿が見えなくなってからも、ずっと虎太は動かず、ひたすら源助のことを考えた。そしてかなり長い時が過ぎた後でゆっくりと顔を上げ、夜空に向かって

「本当に知らんっ」と叫んだ。

祟《たた》りの終わりと虎太への贈り物

——


虎太は「源助」なる男が何者なのかを調べ回っている。

あの雑木林で死体になっていたこと、そして千村新兵衛がわざわざ虎太に教えたことを考えると、伐《き》り倒された御神木に何らかの関わりがある者だと考えていいだろう。「古道具屋の牧蔵」と同じだ。

この牧蔵の名を千村の口から耳にした時は、虎太は「知らん」としか思わなかった。しかし調べてみると御神木を使って作られた虎の置物をお久に売った古道具屋だった。あの時のように、思わぬ関わりが出てくるに違いない。

それなら、まずどこから手をつければいいか。頭を捻《ひね》った虎太は、そもそも御神木を庄作から買った材木商を調べればいいのではないか、と思いついた。簞笥師《たんすし》の治郎八が作った簞笥にしろ、牧蔵が売った置物にしろ、材を辿《たど》っていけばそこに行き着くのは間違いないからだ。この材木商を見つけるのが一番手っ取り早い。

そういうわけで虎太は、初めに三田へと足を運んだ。治郎八の家を訪れてみたのだ。

亭主が死んだので、下手をしたらかみさんは余所《よそ》へ引っ越してしまっているかもしれない、と少し心配だったが、幸いまだ元の家に住んでいた。お蔭《かげ》で虎太は、治郎八が最後に作った簞笥の材をどこから手に入れたかを知ることができた。木場《きば》にある材木商だった。

そこで今度は木場へと向かった。目当ての材木商はすぐに見つかったが、残念ながら治郎八に簞笥の材を売った頃の主はいなかった。代が替わっていたのだ。先代は亡くなったらしい。店を継いだという倅《せがれ》に虎太はそれとなく先代が亡くなった時の様子を訊《たず》ねたが、口を濁すばかりで聞き出すことはできなかった。恐らくその先代もあの雑木林の松の木で首を括《くく》ったのだろう、と虎太は思った。

その頃の店主はいなかったが、幸いなことに材木を売った先について記されたものがしっかり残っていたので、虎太はさらに先へ進むことができた。伐り倒された御神木は治郎八の他、大工や指物師《さしものし》、建具屋、根付師《ねつけし》など様々な職の者の手に渡っていたのだ。

その者たちを訪ね歩いているうちに、虎太はだんだんと気分が沈んでいった。ある程度は分かっていたことだが、そのほとんどがすでに亡くなっていたのである。虎太が会えたのは当人の身内や隣近所の人たちばかりだった。材木商の倅の時と同じで詳しくは聞き出せなかったが、やはりあの雑木林で命を絶ったに違いないと思われた。

――まったく碌《ろく》でもないよな……。

虎太は辿り着いた一軒の家の前で深く溜息《ためいき》をついた。きっとここの主ももうあの世へと行ってしまっていることだろう。

御神木から取られた材木を手に入れた大工や指物師の大半は亡くなっていたが、中には生きている者も何人かいた。治郎八と同じように奇妙な夢を見て、気味が悪くなってその木を使うのをやめた者たちだ。夢の原因が材木にあるとよく気づいたものだ、と感心するが、ともかくその者たちは命を永らえた。

そういう人たちから話を聞いて虎太が気になったのは、嫌な夢を見せた材木の、その後の行方《ゆくえ》である。治郎八が作った簞笥を手に入れた商人は金があったから、持っていた蔵に押し込めるという手段を取ることができた。だがそんな人はそうそういない。使わない材木は家の敷地のどこかに転がしておくくらいしかできないと思うが、夢のことがあるのであまりいい気分ではないはずだ。しかし、その連中は今も生きているのだから、他の者に売り払うという手を使っていないのも間違いない。それならいったいどうしたのか。

その疑問に対する答えは意外なものだった。御神木から取られた材木は、ある一人の男の元へ集まっていたのである。それが亀戸《かめいど》にある、虎太の目の前に建っている一軒家の主だ。

――確か、道楽で木彫りの置物なんかを作っている爺《じい》さんだと言っていたな……。よさそうな木があったらくれと言われたので、無代《ただ》であげたらしい。銭金のやり取りはないから、爺さんに木を譲った者たちは御神木の祟《たた》りを受けずに済んだ。しかしその後が気になる。もし爺さんが作った置物を誰かに売っていたとしたら……。

――恐らくそうしたのだろうな。

その爺さんの名は「源六《げんろく》」というらしい。今、虎太が正体を調べている男は「源助」だ。似ている。実は同じ人物なのではないだろうか。もしそうだとしたら、すでにあの雑木林で死んでいることになる。

――せっかくここまで来たのだから、ちゃんと確かめないとな。

虎太は一軒家の戸口に近づいた。夏なので戸は開けっ放しだ。そこから薄暗い家の中へと声をかけた。

「……ごめんください」

「この家に、ごめんなんてぇものはないよ」

「ぬわっ」

すぐ近くで声がしたので虎太は飛び上がった。元々は商家か何かだったのか、かなり土間の広い造りの家だった。その隅に年寄りが座っていたのだ。気づかなかった。

「何の用だい？」

「え、ああ、その……」

不意をつかれて虎太はしどろもどろになる。

「……こ、この家に住んでいた、源六さんって人を訪ねてきたんです。きっと余所では源助とも名乗っていたと思うのですが……あ、いや、その人がもう亡くなっているのは分かっているんです。ただ念のために訊《き》きにきただけでして。できればどんな風に亡くなったのか知りたいと思いまして……あ、雑木林で刺されて死んだのも分かっているんですが、本当に念のために」

「ふうん」

年寄りは胡散臭《うさんくさ》いものを見るような目で虎太の顔を見た。

「何だかよく分からないが、まず初めに言っておく。源六というのはこの儂《わし》だ。人を勝手に殺さないでほしいね」

「え……」

「それと、儂は今も昔も源六だよ。源助なんて名乗ったことはない」

「は、はあ……ということは、俺が調べている源助とはまったくの別人……」

「そうだろうね。近所にも源助なんていないなぁ。この辺りの人なのかね」

「ええと……」

千村新兵衛の話では、源助の住まいは岡っ引きの権左の家からさほど離れていないということだった。そうなると……。

「多分、南六間堀町の辺りかと……」

「ここは亀戸だよ。まったく離れているというわけじゃないが、さすがに別人だと分かるだろう。だいたいだね、そこまで分かっているなら南六間堀町へ行って訊いて回ればいいじゃないか。何を迷ってここまで来たんだか」

「はあ、確かに……」

言われてみればその通りだ。初めからそうすればよかった。下手な考えを巡らせたために、随分と余計な遠回りをしてしまった。

「とりあえず一つ分かったことがある。お前さん、さては阿呆《あほう》だな」

「……はい、おっしゃる通りです」

治平から言われたこともあるし、そのことは己でも自覚している。しかしまさかこうして、ちょっと言葉を交わしただけの人間に見破られるとは思わなかった。源六爺さん恐るべし、である。

いや、実は言わないだけでみんな分かっているのかも……と肩を落としながら虎太は土間を見回した。目が慣れてきたので中の様子が見て取れる。あちこちに木材の塊や切れ端、作りかけと思われる木彫りの置物が転がっていた。

お久の生霊《いきりょう》を見た建具屋の二階の部屋と似たような感じであるが、こちらの方がよりごちゃごちゃしているようだ。

「ああ、そうだ。作った物をその後どうしているかも知りたかったんだ。源六さんは道楽で置物を彫っているそうですが、作り終えた物は……」

そう訊ねながら虎太は近くにあった彫物《ほりもの》を手に取った。初めは何気なくぼんやりと眺めただけだったが、すぐに目を見張った。

「こ、これは……」

「ああ、それは鶴じゃよ」

「鶴。これが、鶴……」

上を向いた顔にくちばしのようなものがくっついているし、羽らしきものもあるから、鳥なのだろうな、というのは何となく分かる。しかし首も脚も短いから鶴には見えない。あえて言うなら「絞められる寸前の鴨《かも》」といった風情だ。だが、それでもまだ妙な部分がある。源六爺さんが言うところの、この「鶴」には……。

「……あの、脚が三本ありますけど」

「二本だと倒れちまうじゃないか」

「ええっ……」

虎太は土間に転がっている他の彫物へと目をやった。

どれ一つとして、それが何なのか分からなかった。虎なのか猫なのか、と悩むくらいならまだましで、犬と鹿と鼠が合わさったようなのとか、狸かと思って眺めていると猿のようにも見えてくるやつとか、とにかく得体の知れない生き物があちこちにいる。

虎太は試しに、そのうちの一つを指差して訊いてみた。

「ええと、それは熊ですね」

「いいや、兎《うさぎ》じゃよ」

「ううむ……」

どうやらこの源六爺さんは、彫物を作るのが凄《すさ》まじく下手なようだ。

「……源六さん、作り終えた物はどうしているのでしょうか」

「たいていは誰かにあげてしまうよ」

「売ったりするようなことは……」

「道楽で作っているんだ。商売じゃない。銭なんて取らんよ」

まあこの出来では当然だな、と思いつつ虎太は胸を撫《な》で下ろした。銭のやり取りがないから、源六爺さんは御神木の神罰を受けていないのだ。

「置物を源六さんから貰《もら》った人が、それを別の人に売ってしまうなんてこともありませんよね」

こんな下手《へた》糞《くそ》な置物を売るなんてそもそも無理なのは分かっているが、念のためにその点も訊ねてみた。

「儂が無代でくれているのに、貰った人がそれで銭を得たら癪《しゃく》だからね。あげる時には、もしいらなくなったら焚《た》き付けにでもしてくれと告げている。まあ、今のところはまだそういう人はいないかな。あげるのは知り合いばかりだからね。たまに会った時に『儂があげたあれはどうなっているかね』と訊くようにしているんだ」

ますます結構。こんな物を押し付けられた知り合いたちは迷惑だろうが、その人たちが神罰を受けることもなさそうだ。

「ところでまだ名も聞いていないのだがね。お前さん、いったい何者なんだい」

源六はじろりと虎太を睨《にら》んだ。

そういえば源助という男について調べに来たことは話したが、自分のことは何一つ語っていなかった。これでは源六が怪しむのも無理はない。虎太は「それは失礼しました」と頭を下げた。

「あっしは虎太ってぇ者です。伊勢崎町で檜物師《ひものし》の修業をしておりまして、今は御礼奉公の最中なんです。住んでいるのは久松町の裏店《うらだな》で、少し離れていますが、そこから伊勢崎町まで通っておりまして……」

「なるほど、虎太というのか。それだけ分かれば十分だよ。これで儂とお前さんは知り合いだ。お近づきの印に、その鶴の置物をくれてやろう」

「へ？」

「お前さんはそれを手に取った。たまたま近くにあったからだと言うだろうが、それも何か縁があってのことだと儂は思うよ。知り合いの棒手振《ぼてふ》りにでも渡そうかと思っていた鶴だが、お前さんに譲ることにするよ」

「い、いや……」

罠《わな》にかかった狸にでもなってしまったような気がした。この源六爺さんは、下手糞な彫物を貰ってくれる人が現れるのを手ぐすね引いて待っていたのではないだろうか。

「あ、あっしは、源助さんって人と勘違いしてここへ立ち寄ってしまっただけの男でございます。ご迷惑をおかけしたのに、その上さらに何かをいただくなんて申しわけなくて……」

「遠慮することはないよ」

「決してそういうわけではなくて……」

本当にいらない。こんな紋められる寸前の三本脚の鴨など、心の底から受け取りたくない。

「い、急いでおりますので、あっしはこれで。どうもお邪魔しやした」

虎太は脱兎《だつと》のごとく逃げ出した。そして懸命に走りながら思った。庄作が御神木を伐り倒して以来ずっと続いてきた恐ろしい祟りは、あの無欲な、彫物を作るのがやたらと下手糞な源六爺さんという男のお蔭で止まるに違いない、と。

二

虎太は南六間堀町のとある裏長屋にいる。

あの雑木林で殺されていた、源助という櫛《くし》職人が住んでいた長屋である。伊勢崎町での仕事を終えた後で南六間堀町に立ち寄って軽く訊き回ってみたところ、拍子抜けするほどあっさり見つかったのだ。初めからこうすればよかったと改めて思った。

しかし当人が死んでいるのだから部屋を訪ねたところで意味はない。ここから先はどうしようかと思いあぐねていると、湯屋へ行った帰りらしい長屋の住人が通りかかった。そして虎太を胡散臭げな目でじろりと睨んでから源助の隣の部屋へと入っていった。

少し怖そうな見た目の職人風の男だったが、酒が好きそうにも思えた。そこで虎太は近くの酒屋へ行き、なけなしの銭をはたいて酒を買った。それから再び男の部屋を訪ね、「亡くなった源助さんについて訊きたいことがあるのですが」と言いながら徳《とく》利《り》を振ったところ、案の定、部屋へと上げてくれたのだ。

そういうわけで虎太は今、秀蔵《ひでぞう》という名の桶職人と酒を酌《く》み交わしている。

「……で、お前さんは何しにうちへ来たんだっけ」

秀蔵の口が滑らかになるように、虎太は初めのうちはくだらない世間話をしながら酒を勧めていたが、どうやらそろそろいいようだ。

「亡くなった源助さんのことを訊きに来たのですよ」

「ああ、そうだった。あの男の何について訊きたいんだい」

「ええと……」

それが分からないから困る。千村新兵衛がわざわざ虎太に教えてきたのだから、これまでの出来事に何らかの関わりがある男に違いない。それを知りたいのだが、いったい何を訊けばいいのか。

源助は雑木林で死んでいた。それなら御神木との関わりを疑うべきだ。源助の仕事は櫛職人である。もしかしたら御神木から取られた材で櫛を作ったのかもしれない。

「源助さんは櫛職人でしたが……」

「そうらしいな。もっとも俺はやつが櫛を作っているところを見たことはないけどね」

「はあ……」

源助が碌に仕事をしていなかったことは千村も言っていたような気がする。櫛の材と御神木は関わりがなさそうだ。それなら次に何を訊き出せばいいか。虎太は頭を捻ったが、まったく思いつかなかった。

「……あの、何でもいいから源助さんについて覚えていることはありませんか」

「そう言われてもなあ……隣に住んでいても、あまり顔を合わせることはなかったから」

秀蔵は腕を組み、首を傾げて考え込む仕草をした。そしてしばらくすると、「ああ、一つ思い出した」と言った。

「何でしょうか」

「前にやつと酒を飲んだことがあるんだ。たまたま飲み屋で一緒になってね。どういう話の流れでそうなったのかは覚えていないが、いつの間にか二人で飲み比べをしていた。多分、どちらが酒に強いかで言い合いになったんだろうな。で、二人して相当飲んだ。そして二人ともえらく酔っ払った。その時にやつが、面白いことを漏らしたんだ。もっともこれは、酔った勢いで出まかせを言ったんだと思う。間違いなく嘘だから、信じてもらっちゃ困るんだが……」

「はあ、分かりました。信じませんから教えてください。源助さんは何と言ったのでしょうか」

「俺を下から睨みつけるように見てね、低い声で『俺は蝦蟇蛙の吉と知り合いなんだぜ』と凄《すご》んだんだよ」

「ええっ」

思わぬ名が飛び出してきた。御神木ではなく、そっちなのか？

「そんなに驚くことねぇよ。自分を大きく見せようとして適当な嘘をついたに決まっているんだから」

「は、はあ……」

「ただ、やつが蝦蟇蛙の吉とまったく関わりがないかっていうとそうでもないんだ。この近くの北森下町にさ、蝦蟇蛙の吉が押し入って一家が皆殺しにされた家があるのを知っているかい」

虎太はうんうんと何度も頷《うなず》いた。知っているも何も、自分はそこに泊まらされた。そして人が埋められているという気味の悪い夢を見た。その後、夢と似たような場所から、行方《ゆくえ》知れずになっていた鶴七という若者の死体が出てきたのである。

「そこはずっと空き家になっていたんだけどさ、閉め切ったままだと傷むのが早いだろう。そこで持ち主の人に頼まれて、源助のやつがたまに訪れて、戸や窓を開けて風を入れていたんだ」

「ほえぇ……」

繋《つな》がった。御神木の件とは別だが、虎太が関わった出来事と源助の間には確かに繋がりがあった。

「多分そんなことをしているから、蝦蟇蛙の吉と知り合いだ、なんて嘘が出てきたんだと思うよ。まあ俺としちゃ、源助のやつがあの空き家の持ち主と知り合いであることの方が不思議だけどな。むしろそっちの方が嘘っぽいが、本当なんだよ。蝦蟇蛙の吉が押し入った後、あの家は日本橋の大伝馬町にある太物問屋の旦那さんの手に渡ったんだ。大店の旦那だぜ。そんな人と源助が、どうやって知り合ったんだろうなぁ」

虎太はその旦那とも会っている。平右衛門という五十手前くらいの男だった。その平右衛門から、近くに住んでいる知り合いにこの家のことは頼んでいる、と聞いたような覚えもあった。多分、それが源助のことだったのだろう。

「その旦那さんは押し込みのことは知らず、騙《だま》されてその空き家を買わされたらしいな。当然だ。知ってたらあんな家、買うわけねぇや。一家が皆殺しにされたってんで大騒ぎになってさ、ここら辺の連中はみんな見に行ったんだ。当然、俺も野次馬の一人としてついていったんだが、見るんじゃなかったよ。人垣の後ろから覗《のぞ》いただけなんだが、まさに血の海ってやつさ。斬り殺された奉公人たちが帳場に積み重なっていて、その血が流れて店の土間に滴《したた》っているんだ。その奥は店の主夫婦が寝ていた部屋らしいんだが、布団が真っ赤でね。目がおかしくなりそうだったよ。それに、俺たちが眺めている方にまで血腥《ちなまぐさ》さが漂ってくるんだ。何というかもう、とにかく酷《ひど》い有り様だった」

「うわぁ……」

虎太は顔をしかめた。俺はそんな家に泊まらされたのかと思うと、今さらながら気分が悪くなってくる。しかもあの時は、一緒に泊まった岡っ引きの権左が二階に、そして自分は一階で寝たのだ。まさかたくさんの死体が転がっていた場所で眠っていたなんて……。

――あれ？

そこまで考えた虎太は首を傾げた。自分が聞いた話と違う。

「……あの、秀蔵さん。私は、二階で多くの人が殺されたと耳にしたんですが」

「違うよ。ほとんどは一階で斬られたんだ。押し入った賊はまず主夫婦や倅夫婦、女中といった、一階で寝ていた人たちを殺した。その後は、二階で寝ていた男の奉公人たちが物音に気づいて下りてくるのを一階で待ち構えていて、順番に斬り殺していったんだ。俺が見たのはすべてが終わった後の有り様だから、その時の本当の様子がどうだったかは分からない。だが、ほとんどの死体が一階にあったのは確かだよ。それはこの目で見ているからな」

「はあ……」

「二階で多くの人が殺されたなんて話、いったい誰に聞いたんだい」

「ええと……」

その空き家へ泊まりに行った時だ。まだ日があるうちに家の中を見回った。その際に二階で多くの人が殺されたのだと言われたから、そちらでは権左に寝てもらうことにして、自分は一階を選んだのだ。

「……平右衛門さんです。空き家の持ち主の。近くに住んでいる人から聞いたと言っていたように思います」

「へえ。どこかで話がねじ曲がって伝わったのかな。しかし押し込みがあったことを知らずに買ったことといい、死体がたくさんあった場所を間違えて覚えていることといい、随分《ずいぶん》とうっかり者の旦那さんだな。まあ、お金が余っているから持ち家の一軒くらいどうでもいいのかもしれんが。それにしても、源助だけでなくお前さんまでその旦那さんと知り合いだなんて、それの方がびっくりだ。俺もお金持ちの旦那さんと知り合いになりてぇよ。いざという時に銭を借りられるかもしれねぇからさ」

秀蔵はそう言うと徳利を手に取った。盃《さかずき》の代わりにしている茶碗《ちゃわん》に酒を注ぐ。しかしちょろちょろっと流れ出ただけで、すぐに止まってしまった。虎太が買ってきた分が尽きたようだ。

「あれ、もうなくなったのか。なんか俺ばっかり飲んじまって申しわけないな」

茶碗に注がれた酒を大事そうに啜《すす》ると、秀蔵は膝を立てた。

「もう酒屋は閉まっているだろうが、叩《たた》き起こして買ってくるよ」

「ああ、いや、私はもう帰りますので」

立ち上がりかけた秀蔵を虎太は慌てて止めた。今は多分、夜の五つくらいだ。そろそろここを辞した方がいい。早く古狸へ行かないとお悌ちゃんが寝てしまう。

「そんなこと言うなよ。今夜は二人で飲み明かそうぜ。そうだ、飲み比べをしよう。どちらが多く酒を飲めるか勝負だ。俺は源助に勝った男だからな。負けないぜ」

「いやいや、本当に結構ですから」

「なんだよ、俺に負けるのが嫌だから逃げるつもりだな。この根性なしが」

「ええっ？」

まずい。どうやらこの秀蔵は酒癖があまりよくないようだ。こんなのを相手に長居をするのはごめんである。さっさと退散するに限る。

「どうしても帰らなくてはいけないのです。実は……猫を飼っておりましてね。世話をしなければならないので家を空けられないのですよ」

「なに言ってんだ。猫なんて四、五日放っておいても平気だよ。どこの町内にも猫好きが住んでいる家があるからな。腹が減ったらそういう家を転々と回って食い物にありつくさ。うちの近所にもそういう猫がいる。本当の飼い主が誰なのかいまだに分からねぇ」

「大人の猫はそうかもしれませんが、うちのはまだ子猫なんです。近くに誰もいないと鳴き騒ぐので、帰らないとご近所に迷惑がかかるんですよ。そんなわけですので、私はこれで。お話を聞かせてくださって、ありがとうございました」

　虎太はそう告げると、立ち上がろうと腰を浮かせた。秀蔵はそんな虎太を馬鹿にしたような目で見た。

「ふうん、子猫ねぇ……お前さん、確か名は虎太と言ったな」

「へ、へえ。それが何か？」

「いや、立派な名を持つわりには随分と情けねぇ野郎だと思ってね。酒の飲み比べから逃げる言いわけに子猫を使うなんて大笑いだ。そんな野郎に虎太なんて名はもったいねぇ。お前は虎太じゃなくて、ね……」

「おっと、そこから先は言わねぇでいただきましょうか」

虎太は浮かせかけた腰を再び落ち着けた。その言葉を出されそうになったら、おめおめと引き下がることはできない。

「いいでしょう。秀蔵さんと飲み比べをしようじゃありませんか。ただし、それは明日だ。子猫を飼っているのは本当のことなんでね。今日はこれで帰りますが、明日の晩は子猫を余所に預けて、それからまたここへ来ます。今日よりもたくさんの酒を買って伺いますよ。その時になって、『あれは酔った勢いで言ったことだ』とか言わねぇでくださいよ」

「当たり前だ。こっちも酒を用意して待ってるよ」

「今日、俺は遠慮してあまり飲まなかったが、明日は違います。遠慮なくいかせていただきます。たらふく飲みます。よろしいですね」

「いいも何も、飲み比べってのはそういうものだろう」

「念のために言っておきますが、秀蔵さん……泣いても知りませんよ」

「面白いことを言うやつだな。俺が飲み比べに負けて、泣いて謝るってことかい。そんな馬鹿なことあるわけねぇや。俺が勝つに決まっているが、だからといってお前さんも遠慮することはない。飲めるだけ飲めばいい」

「分かりました」

虎太は立ち上がった。相手の許しが出たのだ。明日は思いっきり酒を飲ませてもらう。それでどうなるかは知ったことではない。

三

体のあちこちに感じる痛みに顔をしかめながら、虎太は大伝馬町の太物《ふともの》問屋の前に立った。

秀蔵と飲み比べをしたのは昨日の晩のことだ。勝負の結果は……虎太の勝ちだった。秀蔵の方から「俺の負けでいいからもう勘弁してくれ」と言ってきたのである。

二人が酒を飲み始めたのは暮れの六つ半頃だった。そして秀蔵が「俺が飲み比べに負けて、泣いて謝る」と考えたのは誤解で、実は泣くのは虎太の方だったのだと気づいたのは、それから半時が過ぎた辺りだった。

それより後のことはまったく覚えていないが、秀蔵に聞いたところによると、まず虎太は泣きながら子猫の忠の可愛さ、そしてお悌という娘の素晴らしさを話し始めたらしい。そして急に立ち上がり、お悌ちゃんを嫁にできるなら俺は何だってする、こんなことだってしてやると言いながら壁に頭を打ち付け始めたそうだ。

お悌ちゃんがどんな娘かは知らないが、こんなことをするやつを亭主に持ちたくはねぇだろうなと考えながら秀蔵は虎太を止めた。それでいったんは大人しくなったように見えたが、しばらくするとまた大泣きしながら、今度は茄子《なす》の美味《おいし》さについて大声で語り始めたという。

その頃になると長屋の住人たちが何事かと秀蔵の部屋の前に集まってきていた。それに気づいた虎太は諸肌《もろはだ》を脱ぎ、「お騒がせしてすみません、これはお詫《わ》びの印です」と言いながら踊り始めたそうだ。

さすがにこれは体面が悪い。秀蔵は集まった人たちに謝りながら虎太を羽交《はが》い締《じ》めにした。そして「俺の負けでいいからもう勘弁してくれ」と言ったのである。

これで勝負が決まった。しかし秀蔵には気の毒な話だが、虎太の酒は止まらなかった。その後も飲み続け、たまに壁に頭を打ち付け、床をごろごろと転がり回り、表に飛び出して長屋の他の部屋を一つ一つ訪ねて踊ったそうである。

結局、この騒ぎがようやく収まったのは、力尽きて虎太が眠りについた、夜の九つ近くだったという。

その翌朝、つまり今朝は、虎太は秀蔵の部屋で目を覚ました。その時には秀蔵はもう起きており、虎太に向かって改めて「俺の負けでいい」と言い、続けて「頼むからさっさと帰ってくれ」と告げたのだった。

むろん虎太もそのつもりだ。秀蔵の部屋を辞し、その足で伊勢崎町の仕事場へと向かった。

しかし、その日は虎太が仕事をすることはなかった。雑司ヶ谷を訪れた時と同じだ。やってきた虎太の顔を一目見た親方が、今日はいいから帰って休め、と言ってきたのである。二日酔いで頭はずきずきするし、暴れたせいで体のあちこちが痛むので、あまりよくない見た目をしているだろうなと虎太自身にも分かっていたが、思っていたより酷かったようだ。

虎太は親方に深々と頭を下げ、申しわけなさそうな顔で仕事場を後にしたが、内心では喜んでいた。これまでの出来事を色々と思い直した結果、もう一度あの空き家の持ち主である平右衛門に会った方がいいという考えに至っていたからだった。それも昼間の方が都合がいい。だから初めから今日は親方に頼み込んで仕事を休ませてもらおうと思っていた。しかしそのための言いわけが思いつかなくて困っていたのである。ほんの少しだけ、虎太は秀蔵に感謝した。

――さて、乗り込むとするか。

虎太は太物問屋の建物を眺めた。昼はとうに過ぎている。八つ時に近いかもしれない。思ったより遅くなってしまった。

こんな大店を訪ねるのに酒臭い息ではまずいし、身なりも汚いままではいけないだろうと考え、いったん久松町の自分の長屋へ帰ったためだった。そこできちんと顔を洗い、髭《ひげ》も剃《そ》り、酒が抜けるのを待ってから大伝馬町にやってきたのだ。

しかも本当はもう少し早くこの店まで来られたのに、滅多《めった》に来ることはない大店なので足を踏み入れるのが憚《はばか》られ、無駄に辺りをうろうろしてしまった。

だが、これ以上遅くなるわけにはいかない。日が暮れる前に始末をつけなければならないのだ。虎太は腹を決め、太物問屋の戸口をくぐった。

「いらっしゃいまし」

すぐに大きな声がかけられ、店の番頭らしき四十くらいの年の男が揉《も》み手をしながら近づいてきた。

「ああ、店の客じゃないんだ。平右衛門さんに用がありましてね」

なるべく堂々とした風を装いながら虎太は告げた。しかしいくら身なりを整えてきたといってもまだ二十歳の、職人になる修業中の若者である。番頭は眉《まゆ》をひそめながら虎太を見た。

「は、はあ。旦那様にでございますか。どのようなご用件でしょうか」

そう言いながらちらりと店の奥へ目を向ける。手代《てだい》と思《おぼ》しき三十手前くらいの年の男が出てきて、腕組みをしながら番頭の後ろに立った。明らかに「怪しいやつが来た」と思っているようだ。何かあったらすぐに追い出そうと考えているに違いない。

初めて会う人に胡散臭く思われるのはいつものこと、ましてやここは大店だ。こうなるのは分かっていたので虎太はまったく動じなかった。落ち着いた声で番頭に言う。

「岡っ引きの権左親分と一緒に、北森下町の空き家に泊まった者だと平右衛門さんに告げてください。あの家のことで、どうしても伝えたいことがあると」

番頭の顔が険しくなった。しかしそれはほんの短い間のことで、すぐに柔和な顔になって「お待ちください」と言い、店の奥へ足早に消えていった。

手代も妙に腰が低くなった。「どうぞお掛けになってお待ちください」などと虎太に勧め出した。もちろん虎太も遠慮しない。上がり框《がまち》にどっかりと腰を下ろす。

しかしそうしたと思ったらすぐに平右衛門が奥から出てきてしまった。虎太は立ち上がり、丁寧に頭を下げた。

「この前はご厄介《やっかい》をおかけしました」

「ああ、いや……ええと、虎太さんでしたかな。あの空き家のことで伝えたいことがあるという話ですが、いったい何でしょう」

「びっくりするような話ですよ。ただ残念ながら、まだはっきりしたことは言えないのです。それにはあの空き家を調べなければならない。それで、再びあそこに入らせてくれないかと頼みに来たわけです」

「あの空き家にでございますか……」

平右衛門は渋い顔をした。

「……あの家はもう、すっかり封じてしまったのですよ。かつて蝦蟇蛙の吉の手によって多くの人の命が奪われた場所です。その上ついこの間、あそこに肝試しに入ろうとした鶴七さんという若者が行方知れずになり、川辺で死体となって見つかった。あまりにも縁起が悪すぎます。それなりの銭を出して買った家ですが、こうなっては仕方ありません。二度と悪いことが起こらないように、閉め切って誰も入れないことに決めたのです」

「そこを枉《ま》げてお願いします。世の中のためになる話ですから。もっとも、調べてからでないと確かなことは言えないので大口は叩けませんが……」

虎太はそこで言葉を切って、平右衛門に顔を近づけた。耳元に口を寄せ、小声で告げる。

「もしかしたら、蝦蟇蛙の吉の正体が分かるかもしれないのです」

平右衛門は目を丸くして虎太の顔を見た。

「それは、本当に？」

「はい。それをはっきりさせるために、もう一度あの空き家に入れてほしいのですよ」

「ううむ」

平右衛門は大きな声で唸《うな》った。それから「お待ちください」と虎太に告げ、少し離れた所に立って見守っていた番頭と手代の元へ近づいていった。

それからしばらくの間、三人は顔を近づけて虎太まで届かないくらいの小さな声で何事か話し合っていたが、やがて番頭と手代の二人が急ぎ足で店の奥へと消えていった。平右衛門が虎太の方に戻ってくる。

「空き家を開けるために店の者を向かわせました」

「ありがとうございます。それでは私も、北森下町へ向かわせていただきます」

「ああ、待ってください。自分の持ち家でのことですからね。事の成り行きを見届けなければなりません。私も一緒に参りますよ」

「それは確かに気になることでしょう。もちろん結構ですよ。平右衛門さんも一緒に行きましょう」

きっとこうなるだろうな、と初めから思っていたので、虎太は快く頷いた。


北森下町の空き家の前に着いた時にはもう、少し日が傾きかけていた。遅くなった原因は平右衛門にあった。商売のことでどうしても先にやっておきたいことがあるので、といったん奥に引っ込んだのだ。そのため虎太はしばらく店の上がり框で待たされてしまった。

そうしてようやく出てきた平右衛門は、大仰な樫《かし》の杖《つえ》を突いていた。数日前に足を挫《くじ》いてしまったと言うのだ。店の中で少し歩くくらいなら杖はなくても平気だが、遠くまで歩くとなるといるそうだ。

そんな具合なので、平右衛門は歩くのがのろかった。それで思いのほか遅くなってしまったというわけである。

「……まあ、明るいうちに着いてよかったな」

そう呟《つぶや》きながら虎太は空き家を眺めた。先に来た番頭だか手代だかは、裏口だけを開けたようだった。表戸は閉まっているし、通りに面した二階の窓も雨戸が立ててある。

──ううむ。

表戸はともかく、二階の窓は開けておいてほしかった。上がったらまず雨戸を外さなければ、と考えながら目を家の横の木戸へ向ける。裏口の方へ回るために、杖を突いた平右衛門がよたよたと入っていくところだった。すぐに虎太は追いかけた。

裏口に辿り着くと、虎太はすぐには中に入らず、周りをきょろきょろと見回した。

「おや、どうかしましたか」

先に空き家に入っていた平右衛門が、不審そうな顔で戸口越しに声をかけてきた。

「ああ、いや。もしかしたら戸口のそばに梯子《はしご》が置いてあるかもしれないと思ったものですから」

「空き家ですから、そんなものはありませんよ」

「それは残念。ああ、それと、棒切れでも落ちていたらいいなと思ったんですが、そんなものすらないみたいですね」

がっかりしながら虎太は平右衛門へ目を向けた。店で見た番頭と手代が二人ともいて、平右衛門の後ろに従っていた。

「念のためにお訊ねしますが、その杖をお借りすることは……」

「いや、これは勘弁してください。ここまで歩いてきたら足の痛みが酷くなってしまった。家の中でもいるようだ。何に使うかは分かりませんが、棒切れがいるのならうちの者に探させますよ」

平右衛門が振り向くと、手代が頷いて素早く動き出した。裏口をくぐり、虎太の横をすり抜けて表の方へ姿を消す。

「すぐに見つけて戻ってくるでしょう。虎太さんは中に入って、思う存分調べてください」

「はあ。それでは」

虎太は空き家の中に足を踏み入れた。開けてあるのは裏口だけだったが、それぞれの部屋に一つずつ行灯《あんどん》が点《とも》されていたので中は明るかった。番頭たちが用意したのだろう。

夕方とはいえ、まだ日があるのだから表戸や窓を開けた方がいいのに、と首を傾げながら、虎太は梯子段へと向かった。一階には用がないのだ。

二階へ上がると、二つある部屋のそれぞれにやはり行灯が置かれていた。油の無駄だ、と思いながら部屋を横切り、表通り側の窓へと近づく。手前にある障子戸を開け、それから雨戸を外そうと力を込めた。

「あれ、おかしいな。動かないぞ」

「外側から釘を打ち付けてあるのですよ」

虎太の後から二階に上がってきた平右衛門が言った。杖を突いているわりには案外と早かった。もちろん番頭も付き従っている。

「そこだけではありません。他の窓の雨戸も、それから表戸も開かないように釘で留めてあります。裏口もそうしていたのですが、中に入るために番頭たちが釘を抜いたのです」

「はあ、なるほど。念入りに封じていたわけですね」

これはしくじったな、と虎太は思った。わざわざ仕事を休んでまで昼間にしなければと考えていたのは、この二階の窓を開けるためだったのだ。

どうしたものかな、と悩んでいると、梯子段を上がってくる足音が聞こえてきた。先ほど表に出ていった手代が現れ、どこかで拾ってきた棒切れを虎太に渡す。何の木の枝か分からないが、やけにひょろりとした、すぐに折れそうな棒だった。

「さあ調べてください。そして早く私に教えてください。蝦蟇蛙の吉の正体を」

「いや、実は……ちょっと都合が悪くなりましてね。日を改めていただくわけには……」

「虎太さん、さすがにそれはありませんよ。少なくとも、どうしてここを調べれば蝦蟇蛙の吉の正体が分かるかもしれないと虎太さんが考えたのか、そのわけを話してくれなければ納得できません」

「そうでしょうねぇ……」

ここまで来たら仕方がない。後は野となれ山となれだ。虎太は自分の考えを平右衛門に話すことに決めた。

だがその前に、せめてあいつらは遠ざけておきたいな、と思いながら番頭と手代を見た。するとその目の動きで虎太の胸のうちが分かったようで、平右衛門が「お前たちは下で待っていなさい」と二人に告げた。

すぐに二人は梯子段を下りていった。これで二階の床に立っているのは虎太と平右衛門だけになった。

「それではお話ししますよ。まずお訊ねしますが、平右衛門さんは当然、岡っ引きの権左親分が亡くなったことはご存じですよね」

平右衛門は頷いた。

「それから、たまにこの空き家を開けて風を入れてくれと平右衛門さんが頼んでいた、源助という男が死んだことも」

「もちろん知っていますが……その男の名を虎太さんがご存じであることに驚いていますよ。私の口からは告げていなかったと思うのですが。どなたから聞いたのですかな」

「え、ええと……権左親分だったかな」

本当は千村新兵衛から聞いたのだが、死人に口なしということで、権左ということにしてしまった。虎太と千村が知り合いであることを平右衛門は知っているのだが、何となく隠す癖がついているのだ。

「……それより平右衛門さん。権左親分と源助が同じ場所で死んでいたことはご存じですか。やたらと死体がよく出る雑木林で見つかったのですが」

「ううん……」

少し間があってから、平右衛門は首を振った。

「雑司ヶ谷の方だとは耳にしました。しかし細かい場所までは聞いておりません」

「二人とも同じ雑木林で死んでいたのです。そして、それより何日か前に俺はそこを訪れていたのですよ。実は俺、幽霊が出てくるような怖い話を聞くのが好きでしてね。その雑木林には打ち捨てられたお社《やしろ》があり、それが祟りを起こしているという噂《うわさ》を耳にしたので、行ってみたのです」

少し話に嘘が混ざった。虎太は怖い話を聞くことなんか大嫌いである。古狸という店についての説明をすると長くなるから好きということにしただけだ。

「雑木林のことを俺に話してくれたのは、権左親分です。俺と一緒にこの家に泊まってから少し経ち、肝試しの際にいなくなった若者の死体が川のそばで見つかった後のことでした。そして話を聞いた翌日に俺が雑木林を訪れてみると、その権左親分が先に来て待っていたのですよ。どうですか、平右衛門さん。なかなか面白いでしょう」

「……いや、何が面白いのか分かりませんな。雑木林のことを虎太さんに話したのが権左親分なら、そこを案内しようと思って待っていただけなのではありませんかね」

「権左親分もそう言っていました。俺も初めはそうなのかなと思っていたのですが、しかし親分と源助の死体がその雑木林で見つかったと知った後で色々と調べているうちに、ある疑いを持ったのです。もしかしたら権左親分はあの時、俺を殺そうとしていたのではないかと」

「はあ？」

「もし俺が一人だけだったら今頃はあの世にいるかもしれない。ところが、たまたま俺はそこへ知り合いと一緒に行ったのです。それが熊のように強そうな男でしてね。もし弱そうなのと一緒だったら二人とも殺されていたんじゃないかな」

平右衛門は笑い出した。

「いくらなんでもそれはどうかと思いますよ。権左親分が、どうして虎太さんを殺さねばならないというのですか」

「この空き家に泊まった時のことが関わっているのではないかと思います。俺はあの時、妙な夢を見た。男たちが何かを埋めている様子を眺めている夢です。男たちが去った後でその場所へ近づくと、土の中から腕が伸びて俺の足をつかんだ。それでびっくりして目が覚めたわけですが、その数日後、夢で見たのと同じような場所で行方知れずになっていた鶴七が見つかった」

「はあ、そうらしいですな。その鶴七さんという若者が死んでいたのは残念だった。恐らくこの空き家に入ることなくどこかへ行き、そこで何者かに殺されたのだと思いますが、それでも私としては気分が悪い。それでこうして、ここは封じてしまったわけですが……」

「いや、平右衛門さん。鶴七はやっぱりこの家に肝試しに入ったのだと思いますよ。そこで捕らえられて、殺されてしまったんだ」

「そ、それはいったい……」

「俺は、岡っ引きの権左こそが蝦蟇蛙の吉の正体ではないかと考えました。蝦蟇蛙の吉はここが商家だった頃に押し込みに入った。そのためにここは空き家になってしまったわけですが、やつはその場所を隠れ家みたいに使っていたのではないかと思ったのです。雑木林で見つかった源助という男はやつの仲間でしょう。平右衛門さんからたまに家を開けてくれと頼まれていたので、源助はここに入っても怪しまれません。都合がよかった。まず源助が中に入って裏口を開け、様子を見て他の仲間も忍び込む。そして盗みの話などをする。どうも声が少し漏れてしまっていたようですが、多くの人が亡くなっていた家だったために、隣や裏の家の人は気味悪がって引っ越してしまった。それでますます都合がよくなったというわけです」

「ううむ……」

平右衛門が唸った。驚きの表情を浮かべている。自分の持ち家がそんな風に言われたら何か意見を述べてくるのではないか、と思って虎太は言葉を止めて少し待った。しかし平右衛門が黙っているので、虎太は再び話を始めた。

「ところが、そんな家に若者が肝試しで忍び込んでしまった。鶴七たちのことですが、連中は昼間のうちに一度入って、自分の持ち物を置いていったらしい。多分、源助がちょっと油断して、裏口を開けっ放しで余所へ出ていた時だったのでしょう。戻ってきた源助はきっと驚いたことでしょうね。覚えのない物が三つ、いつの間にか二階の床に置かれていたわけですから。すぐに権左たちに知らせて、どうするか相談した。町方の役人だったらそんなことをするはずないから違うだろう。しかし、それなら何者が、何のためにしたことなのか。頭を捻っても分からないので、直に訊くことにしたようです。つまり、忍び込んだやつがまたやってくるかもしれないから待ち構えることに決めたのです。そうとは知らない鶴七が、その夜ここへ忍び込みました。当然、捕まります。いったい何のために忍び込んだと権左たちに凄まれたら、まだ年若い鶴七は素直に白状するでしょう。それでただの若者の肝試しだと知れた。残りの二人が後からやってくることも分かった。無駄に事を大きくすると足がつきかねないので、捕まえるのは鶴七だけにして戸締りをし、残りの二人はやり過ごしました。その二人は危なかった。もし無理に中に入っていたら、きっと鶴七と同じように捕まっていたでしょう。怖がりだったので助かったのです。しかし鶴七については、顔を見られてしまったので殺すしかありません。で、残りの二人が去った後で死体を運んで埋めた。権左はやたらと死体が見つかるあの雑木林のことを知っていたので、もしかしたら鶴七もそこに捨てたかったのかもしれません。しかしさすがにここからでは遠いですからね。埋めておけばすぐには見つかるまいと別の場所にしたのでしょう」

「ふむ……」

また平右衛門が唸ったので虎太は言葉を止めた。様子を窺うと、平右衛門の顔から驚きの表情は消え、ただ考え込むように自分の顎《あご》をさすっていた。

やはり何も言われなかったので、虎太は再び口を開いた。

「ところが数日後、妙なやつが現れました。この空き家に泊まり込んで夢を見た男、つまり俺です。夢の通りの場所で死体が見つかってしまったので、権左は焦ったでしょうね。もしかしたら死体を埋めている自分たちの顔も夢に出てきたかもしれない、と疑ってしまう。実は暗くてそこまで見えなかったんですけどね。そのことは権左にも言ったことがあるのですが、もしかしたら後で思い出すかも……とか考えてしまったのでしょう。やつは俺を殺すことにして、雑木林の祟りの話をした。そして翌日、そこへやってくる俺を待ち構えていたが、二人いたので諦めた……というのはさっき言いましたね。これで俺の話はだいたい終わりです。あとは、権左と源助がなぜあの雑木林で死んでいたかということですが、それはやはり仲間割れだと思いますよ。何かで口論になり、お互いに相手を刺し殺そうとして相討ちになった。まず、そんなところでしょう」

長々と話したので虎太は口が乾いてしまった。何度も唾《つば》を飲み込みながら平右衛門の様子を眺める。

平右衛門はしばらくの間ほとんど動かなかった。顎をさすりながら、たまに首を傾げるだけだ。今の虎太の話について、頭の中で考えているのだろう。

虎太は平右衛門から目を離し、天井を見た。ここを手に入れた後で平右衛門が大工を入れて張り直しているので綺麗《きれい》だった。隅の方へ目をやるが、どこにも歪《ゆが》みはない。板が外れて天井裏に上がれるようになっている場所はないかと探しているのだが、目で見ただけでは分からなかった。

大工さんはうまく張るものだな、と虎太が感心していると、「ううむ、なるほど」と平右衛門が声を上げた。すぐにそちらに顔を向けると、平右衛門はじっと虎太を見ていた。そして目が合うと、大きく頷いた。

「お役人様でも分からなかった蝦蟇蛙の吉の正体を見破ってしまうなんて、虎太さんは大したものだ。初めは突拍子もない話だと思いながら私は聞いていましたが、よくよく考えると虎太さんの話はつじつまが合っているような気がする。いや、これほど驚いたことはありません。あの権左親分が蝦蟇蛙の吉だったなんて。とても信じられませんよ。あ、いや、虎太さんのことを疑っているわけじゃないんですよ。しかし本当にびっくりしてしまって……」

「疑ってくれても構いませんよ。俺の話は嘘ですから」

「は……はあ？」

平右衛門は口をあんぐりと開けた。虎太はそんな平右衛門から目を逸らし、また天井へと向ける。天井板が外れるとしたら端っこに違いないと考えて隅ばかり眺めていたが、どうやら違ったようだ。部屋のちょうど真ん中辺りの板が外れそうに見える。

「ちょ、ちょっと虎太さん。いったいどういうことですか。今の話が嘘って……」

「ああ、すべてが嘘というわけではありません。ほとんどは俺の言った通りだったと信じています。ただ一点、肝心なところが間違っている。蝦蟇蛙の吉の正体です。権左と源助が一味だったのは合っています。ただ、頭目ではありません。二人はただの手下ですよ。蝦蟇蛙の吉は別にいる。ずっと捕まらないことから分かるように、そいつは手口が荒いわりに慎重な男のようだ。定町廻り同心《じょうまちまわりどうしん》である千村の旦那や、殺しがあった家に泊まって妙な夢を見る俺のような男が周りにちょろちょろ現れ出したので、盗人《ぬすっと》稼業からいったん手を引くことにしたみたいです。権左と源助が殺されたのは口封じだと思いますよ。権左は俺を殺すのをしくじった。それに源助は酒が入ると口が軽くなる男のようですからね。そんな駄目な連中だから死んでもらった。殺した後で死体をあの雑木林に捨てたのは、あそこが祟りのある場所で、これまでにも多くの死体が出てきているからでしょう。実はそのうちの何人かは、同じように蝦蟇蛙の吉が殺したのかもしれませんけどね。まあとにかく、蝦蟇蛙の吉は権左ではありません。平右衛門さんはそういうことにするつもりで俺の話に頷いたのかもしれませんが」

虎太は持っていた棒切れで、天井板の怪しそうな箇所を突いた。すると思った通り板が浮いた。できた隙間に棒切れを挿し込み、板を横にずらしてみる。天井裏への出入り口がぽっかりと開いた。

「自分が押し入った家を買い取って、隠れ家にするなんて面白いことを考えたものです。確かにあまり疑われないかもしれない。しかし蝦蟇蛙の吉は慎重な男ですから、そのまま使うなんてことはしません。手を入れて、天井裏に隠し部屋を作ったんです。上がった後で梯子を引き込み、板を閉めてしまえばそうそう分かりませんから。つい一昨日《おととい》、俺はある人の所に源助のことを訊ねに行きましてね。その際に、ここに蝦蟇蛙の吉が押し入った後の様子を耳にしたんですよ。ほとんどの死体が一階にあったらしい。その人は実際に見に行ったそうだから間違いありません。ところが平右衛門さんは俺に、二階で多くの人が殺されていたと言った。どうしてそんな嘘をついたのか。それは俺を一階に寝かせ、見張り役の権左を二階にやるためだ。ひょんなことでこの隠し部屋を見つけないとも限りませんからね」

「と、虎太さん。何をおっしゃっているのですか。それではまるで、この私が……」

「その通りですよ。平右衛門さんこそが蝦蟇蛙の吉の正体だと言っているのです。今さら誤魔化《ごまか》さなくてもいいですよ。隠し部屋も見つけてしまったことですし」

「なるほど。それなら誤魔化しません。おっしゃる通り、私が蝦蟇蛙の吉ですよ」

平右衛門がにんまりと笑った。丸顔のせいもあり、見るからに人のよさそうな笑顔だった。初めて会った時から、この男はずっとこんな顔だ。正体がばれたら恐ろしい盗人の顔に変わるのかと思っていたが、どうやらこれが素のようである。下手な悪人面より薄気味悪いな、と虎太は思った。

「いや、素晴らしい男だ。私は心から虎太さんのことを褒《ほ》めたたえたい。向こう見ずのような面がある一方で、しっかりと頭も働かせている。権左とか源助のような連中よりはるかに上だ。正直、仲間に引き入れたいところです。しかし残念なことに、私はいったん稼業から手を引くことにしたのですよ。虎太さんもおっしゃっていたようにね。だから、あなたには死んでいただかなければならない」

平右衛門は手にしていた杖を二つに割った。間から刀身が出てくる。

「あ、それ仕込み杖だったんだ。懐に匕首《あいくち》を呑《の》んでいる様子はないし、おかしいなと思っていたんですよ。だから俺に渡すのを嫌がったのか」

「死ぬ間際だというのに随分と落ち着いていますね。ますます気に入った。もし仲間になるというのなら殺すのをやめてもいい。いったんは稼業をやめて江戸から離れるつもりですが、ほとぼりが冷めたら舞い戻る気でいます。そうしたら一緒に押し込みを働きませんか」

「いやあ……」

別に落ち着いているわけではない。雨戸が打ち付けられていると知った時にどうして話すのをやめなかったのだとひたすら後悔している。そこから下に飛び降りて逃げ出すつもりだったのだから。

今、虎太は二つある部屋のちょうど間の辺りに立っている。そして平右衛門が陣取っているのは梯子段のそばだ。逃げ場はない。

「……蝦蟇蛙の吉ほどの男に誘われるなんて男冥利に尽きます。だがお断りしますよ。俺には心底惚《ほ》れた女がいましてね。その娘と一緒になるには、少なくともまっとうに生きなきゃ無理だ。でも盗人稼業なんて始めたらそれが駄目になるでしょう。だったらここで死んだ方がましだ」

「ほほう。この期《ご》に及んでも立派なことを言う。本当に殺すには惜しい男だ。なるべく苦しまないようにあの世へ送ってやるとしましょう。ああ、念のために言っておきますが、私はこの手で何人もの人間を殺してきた男です。もしその今にも折れそうな棒切れで何とかしようと思っているなら考えを改めるべきです。下手な動きはせずにあっさり斬られた方が痛みは少なくて済みますよ。悪いことは言いません。ここで大人しく私に斬られなさい」

平右衛門が刃物を構えた。虎太はふうっ、と大きく息を吐いた。

「……平右衛門さんのおっしゃる通りにしますよ。その代わり、最後のお願いを聞いてくださいませんか」

「ほほう。少しもじたばたせずに、己の死を受け入れますか。本当に死なすには惜しい男だ。いいでしょう。頼みを聞いてやろうではありませんか」

「ありがとうございます。それでは遠慮なくお願いしますが……平右衛門さん、ちょっと俺と立っている場所を替えてくれませんか」

「……駄目ですよ。明らかに逃げるつもりじゃありませんか。前の言葉は取り消します。やっぱりあなたは往生際の悪い男だ。お蔭で心置きなく殺すことができます。それに言っておきますが、下にいるうちの番頭と手代は蝦蟇蛙の吉としての私の手下でもある。もしこの二階から下りられたとしても、連中が待ち構えていますよ。だから、あっさりとここで私に斬られることをお勧めします。それでは参りますよ」

言うと同時に平右衛門は床を蹴った。五十手前という年に似合わぬ、恐ろしいほど素早い動きだ。そのため虎太は動き出しが遅れた。やつが近づいてきたら横に逃げて……などと考えていたが、とても無理だった。一気に間合いを詰めた平右衛門が虎太に向かって刃物を突き出す姿が目の前に迫っている。

あ、俺はここで死ぬのか……と虎太は思った。ところが、そんなことはなかった。いきなり自分と平右衛門との間に人影が現れたのだ。

急に出てきた相手に平右衛門がたじろぐ。その隙《すき》をついて人影は持っていた刀で平右衛門の手にある刃物を叩き落とした。そしてすっと平右衛門に体を寄せた。

平右衛門の体がくるりと宙を転がった。投げ飛ばされたのだ。人影は床に仰向けに倒れた平右衛門の腕を取ると、素早くうつ伏せに引っくり返した。そして腕を極《き》めたまま平右衛門の顔を床に押しつけ、背中に馬乗りになった。

これで終わりだ。もう平右衛門は動くことができない。すべてはあっという間の出来事だった。

平右衛門の背中の人影が虎太の方を向く。その顔を見た虎太は叫んだ。

「だ、団子っ」

「違うだろ」

「へえ、すみません。旦那と言うつもりでした」

現れたのは千村新兵衛だった。どこから出てきたのだろうと思いながら上を向き、虎太は納得した。隠し部屋の出入り口から今まさに千村の配下の者が飛び降りようとしているところだったのだ。

「旦那、ずっと天井裏にいらっしゃったんで？」

「うむ。狭苦しかった」

次々と配下の者たちが飛び降りてきた。随分と大勢隠れていたようだ。

また、町方の役人は家の周りにも潜んでいたらしかった。「御用、御用」という声と、どたどたと走り回る足音が下から聞こえてきた。あの番頭と手代を捕まえているのだろう。

千村の配下の者が平右衛門を縛り上げ、乱暴な手つきで階下へと連れていくのが見えた。途中、梯子段から人が落ちるような音が聞こえてきたが、もしかしたらわざと平右衛門を蹴り落としたのかもしれない。

「……俺も平右衛門のことは疑っていた。それにこの家の天井裏に部屋が隠されていることまでつかんでもいたんだ」

平右衛門を見送ってから、千村は改めて虎太の方へ顔を向けた。古狸で団子を食っている時のような、むすっとした顔をしている。

「しかし、この隠し部屋は物置として作ったのだと言い逃れできる。盗んだ金でも置かれていればよかったんだが、そんなものもなかった。多分、大伝馬町の自分の店の蔵にでも入れていたんだろう。間違いなくそちらの方がいい。店で稼いだ銭だと言い逃れができるからな。つまり、平右衛門を追い詰めるには今一つ足りなかったんだ。石でも抱かせて無理やり吐《は》かせることもできるが、そういうのは本当に最後の手なんだよ。俺たち役人にも誇りってものがあるからな。それでどうしたものかと考えあぐねていたら、虎太が大伝馬町の平右衛門の店に向かったという報《しら》せが入った」

「ほえぇ」

やはり自分は常に千村の配下から見張られているらしい。昨夜、秀蔵の長屋で大泣きしながら暴れたことも千村に伝わっていることだろう。虎太は少し気恥ずかしくなった。

「間違いなくこの空き家に来るだろうな、と思ったので、先回りして忍び込み、隠し部屋に潜んでいたんだ。案の定お前たちはやってきた。すべての話を二人の頭の上で聞かせてもらったよ。平右衛門のやつ、自分が蝦蟇蛙の吉だと思いっきり認めていたから笑いをこらえるのに苦労したが、お蔭で手間が省けた。礼を言わなけりゃな。虎太、ありがとうよ」

「へ、へい。そ、それはどうも」

まさか千村新兵衛から感謝の言葉を受けるなんて思ってもみなかった。虎太は恐縮し、しなくてもいいのにぺこぺこと頭を下げた。

「……だがな、俺が虎太に期待しているのは、こういうのじゃないんだよなぁ」

「は?」

虎太は顔を上げた。千村が梯子段の方へ向かっていくところだった。

「そ、それは、いったいどういうことで?」

「お前が古狸に関わり始めて、最初に酷い目に遭った出来事があっただろう。お房のやつ」

「はあ」

とある男に殺されたお房という女がいた。お房はその後、怨霊《おんりょう》と化して自分がかつて暮らしていた家に住んだ男の命を次々と取っていったので、やがてそこは「死神の棲《す》む家」と呼ばれるようになった。

虎太は、そのお房を殺した男を突き止めた。もちろんそれをすぐに町方の役人に告げてもよかったが、虎太は別の手を使った。男をお房の棲む家へと向かわせるように仕組んだのだ。男は、自らが殺したお房の手によって命を落とすことになったのである。

「ああいうやつだよ。あんな感じで始末がつけばすっきりしていい。霊も成仏できるし。そして何より、俺が楽なんだ。捕まえちまうと、御裁きをするための面倒臭《くさ》い仕事を奉行所でしなければならなくなるからな」

「ひ、酷《ひで》え……」

「まあ、蝦蟇蛙の吉が捕まったと広まることで江戸に住んでいる者たちが安心できるのだから、いい面もあるんだけどよ」

だけど面倒なんだよなぁ、と愚痴を言いながら千村は梯子段を下りた。しかし途中で止まり、顔だけを覗かせる形で再び虎太を見た。

「そうそう、まだ伝えることがあった。生霊になって現れた、お久の話だ。あの女が働いていた飲み屋、やめちまったようだぞ。貸し店の貼り紙があるから見てくればいい」

「え……そ、それはどういう……まさか……」

虎太は顔を曇らせた。お久は体の具合を悪くしたから、休むために親戚の家へと引っ込んだのだ。いつか体が治って戻ってくることを祈っていたが、それができないほどに悪くなってしまったのだろうか。いや、下手をしたら命を落として……。

「……俺も心配して、配下の者に様子を見に行かせたんだよ。そうしたらびっくりだ。お久のやつ、いい人を見つけて嫁に行くことになったみたいだぞ」

「へ？」

「体の具合は親戚の家に行ってすぐによくなったらしい。それでお久は元の飲み屋に戻ろうと思ったようだが、もういい年だからな。親戚の人が無理やり男を紹介したそうだ。手間取りの大工ということだが、酒も博奕《ばくち》もしない気の優しい男だと聞いている」

「へ、へえ……いや、しかし……」

「お前は徳之助への秘めたる想いがどうなるのかを心配しているのだろうが、離れた場所で違う男と一緒になることで消えるんじゃないかな。いずれにしろ徳之助にはお弓という許嫁《いいなずけ》がいるんだ。お久にはどうしようもない。それなら、別の土地で新たな暮らしを始める方がいいに決まっている」

「はあ、確かに」

「収まる所に収まった、ということだろう。だからお久のことを気にかける必要はもうないと俺は思うぜ。それよりもお前は、自分のことを心配した方がいい。お前はまだ半人前だからな。男として早く一人前にならないと、蝦蟇蛙の吉の誘いを断るほどに惚れた娘から見向きもされなくなるぞ」

千村はにやりと笑い、梯子段の下へと消えていった。

間違いなく強いし、頭も切れるのだろうが、どこか意地の悪い人だよなぁ、と思いながら虎太は見送った。

四

久松町の長屋に辿り着くと、部屋に入るだいぶ手前からにゃあにゃあと忠が鳴きわめく声が聞こえてきた。

昼間は同じ長屋にいる居職《いじよく》の職人に預けているが、その人は湯屋や酒を飲みに出かける時には忠を虎太の部屋に放り込み、戸をしっかり閉めて行ってしまうのだ。だから、たまにこうして帰ってくると大騒ぎしていることがある。

秀蔵が言っていたように、大人になったら勝手に近所の猫好きの家を回って餌《えさ》を貰って歩くような、図太い猫になるのだろうか。そうなら楽だが、違ったら困る。なりだけ大きくなったが中身は変わらなかった、なんてことになったら大変だ。

寂しがりやだからなぁ、こいつ。そう思いながら部屋の戸を開けた。すると、つい寸前まで戸口のすぐそば辺りで鳴いていたはずの忠が、部屋の奥の方へと駆け出していくところだった。そして隅に畳まれている布団の陰に身を潜め、顔だけ出して虎太の方を見た。

帰ってくるのを待ち構えていたくせに、戸を開けるといつもこんな感じなんだよなぁ、と首を傾げながら虎太は部屋に入った。あまり可愛くない出迎え方だ。

古狸で飯を食ってきたので、後は布団を敷いて寝るだけだ。だからわざわざ行灯に明かりは点《つ》けない。虎太は夜目が利くので、戸を開けっ放しにしておけば月明かりで部屋の中が見えるからである。

部屋の真ん中に持ってくるために布団を持ち上げる。忠が飛び出してきて、反対の隅に置いてある行李《こうり》の陰へ移った。

虎太は布団を敷き、その上にあぐらをかいて座った。すると忠が出てきて、虎太の膝《ひざ》の間に飛び乗った。そのまま、ごろんと腹を見せて寝そべる。せっかくだからと撫でてやると、ごろごろと喉《のど》を鳴らしているのが手に伝わってきた。

――ううむ。

この出迎え方は、忠としては追いかけっこをしているだけのつもりかもしれんな。

とりあえず、虎太が帰ってきたことを喜んではいるようだ。

——やっぱり可愛いな。

それはそれとして、誰の姿も見えなくなった時の鳴き癖をどうにかしなければならない。あまりにも近所迷惑だ。

しかし虎太が猫を飼うのは忠が初めてである。馬鹿にされた時に猫太と呼ばれるせいで、子供の頃からほとんど猫には近づかなかった。だから、これがどういう生き物なのか実はよく分かっていないのだ。

——いったいどうしたらいいんだろうなぁ。

何かうまいやり方があるのだろうか、と考えていると、急に忠が虎太の膝から飛び降りた。ととと、と小さな音を立てて部屋の隅へ走っていき、行李の陰に隠れる。

どうしたんだ、と思っていると、表の方でこちらへ近づいてくる足音が聞こえてきた。どうやら虎太より先にその音が耳に入り、身を潜めたものらしい。

戸口から外を眺めていると、足音の主は虎太の部屋の前を通り過ぎた。顔まではよく見えなかったが、随分と大きな体をした男だったので虎太はぎょっとした。

通り過ぎた男は長屋の路地の奥まで行くと、今度はすぐに戻ってきた。目を見開いて待ち構えていると、戸口の横からぬっと男の顔が出てきた。虎太の部屋を覗き込んでいる。

「あ、あなたは……鬼男」

「誰が鬼男だ、と言いたいところだが、名乗ってなかったな。うん、鬼男でいいや。できれば『通りすがりの魚屋』の方がいいけどよ」

前に虎太が木に縛られている猫を逃がしたら、その猫にうちの旦那が迷惑をかけられているんだ、という奉公人たちの軍団に周りを囲まれてしまった。そして蹴られたり棒で叩かれたりと痛い目に遭わされていた時に颯爽《さっそう》と現れて助けてくれたのが、この厳《いか》つい顔の大男だ。

「お前さんに用があって来たんだが……それにしてもよく俺の顔が分かったな。こんなに暗いのに」

「ああ、目だけには自信があるんです」

「俺にはとても無理だ」

「待っていてください。ちょっと火を借りてきます」

虎太は立ち上がり、行灯ごと持ち上げて部屋を出た。鬼男の横をすり抜けて隣の部屋に行き、自分の行灯に火を移してもらう。そうして戻ってくると、鬼男は虎太の部屋の土間できょろきょろと部屋の中を見回しているところだった。

「ああ、そこにいたのか」

虎太が行灯を部屋の隅に置くと、鬼男は忠を見つけてにっこりとほほ笑んだ。顔が厳ついだけに少し怖かった。

「……ええと、俺に何の用があっていらっしゃったのでしょうか」

「あ、ああ。今日はお前さんに贈り物を持ってきたんだ。ありがたく頂戴《ちょうだい》しろ」

「は、はあ……いや、それよりも通りすがりの魚屋さん。そもそもどうして俺の家が分かったんですかい。こっちも名乗っていなかったのに」

「その代わり、お前は忠という名の白茶の子猫を飼っていると俺に言った。俺は魚を売り歩く傍ら、どこにどんな猫が住んでいるかをしっかりと見て回っているんだ。それに、江戸中に猫好きの知り合いもいる。だから呼び名と毛色さえ分かれば、たいていの猫の元へは辿り着けるんだよ」

「へえ……」

それほど猫が好きということなのだろうが、これはさすがにちょっと行きすぎだ。容姿と同じく、中身も化け物じみている。

「それで、だ。お前さんが飼っているのは忠だけだろう。子猫が一匹だけだと、何かと手間がかかって大変だと思うんだが、どうだい」

「へ、へえ。さすがだ。その通りですよ。すごく可愛いんですけど、こいつだけにするとやたらと鳴き騒ぐんです。近所迷惑だから、どうしたものかと……」

「俺に任せな。そう思ってこいつを運んできたんだ」

鬼男はそう言いながら、持っていた箱を下ろした。一尺四方くらいで、底は浅めの木箱だ。蓋はないが代わりに布が被せてある。

布を外して覗いてみろ、と言われたので、虎太は恐る恐るそうしてみた。

「こ、これは」

箱の中を見た虎太は声を上げた。

「どうだ、可愛いだろう」

箱の中身は真っ黒い毛色の子猫だった。大きさは忠と同じくらいである。布を外すまでは丸くなって眠っていたが、気配で目を覚ましたらしい。もそもそと動いた後で虎太を見上げ、にゃあと鳴いた。

「昼間は仕事で部屋を空けるなら、一匹より二匹いた方が楽だぜ。こいつらで勝手に遊んでくれるからな。寂しがらない。それと、手間は大して増えないから安心してくれ」

「いや、しかし……」

いきなり生きている猫を連れてきてありがたく頂戴しろと言われても、そうすぐに頷けるものではない。お悌ちゃんからの贈り物である忠を引き取る時でさえ悩んだのだ。ましてやこんな厳つい顔の魚屋からなんて……。

――待てよ。

この猫好きの魚屋が言うのだから、忠だけがいるより楽になるのは本当なのかもしれない。それに忠の時にはできなかった、あの手が使える。

虎太は初め、忠ではなく「猫太」と名付けようと思っていたのである。そうすれば少なくとも猫太という猫を知っている古狸の人間からは、虎太がそう呼ばれて馬鹿にされることはなくなると考えたからだった。

しかしその時は駄目だった。お悌が先に猫の名を決めてしまっていたからである。それが忠という名だ。

今度はいける。この黒猫に「猫太」と名付け、古狸に持っていこう。猫が好きなお悌と義一郎は当然、虎太のことを猫太とは呼ばなくなる。少し意地の悪いところがある礼二郎は怪しいが、もしそう呼んだらきっとお悌と義一郎が窘《たしな》めるに違いない。

「……通りすがりの魚屋さん。この黒猫をありがたく頂戴いたします。間違いなく俺が大事に育てますので、どうぞ安心なさってください」

「おお、頼もしい言葉だ。それでは、この猫三十郎《ねこさんじゅうろう》はお前に任せる。よろしく頼むぞ」

「大船に乗ったつもりでお任せください。次にあなたがうちに姿を見せた時には、この……」

——あれ？

虎太は首を傾げた。今、この鬼男の口から、猫の名が漏れ出た気がする。

「魚屋さん、今こいつのこと、三十郎って呼びましたか」

「三十郎じゃなくて、『猫三十郎』だ。うちの長屋で生まれた三十四目の猫なんだよ。猫太郎、猫次郎、猫三郎、と順につけているんだ。ここのところ猫二十八郎《ねこにじゅうはちろう》とか猫二十九郎《ねこにじゅうくろう》とか、ちょっと語呂の悪いのが続いたが、猫三十郎は呼びやすいだろう。それに強そうな感じもある。これはいい名だ。何度もその名を呼んでやってくれよ」

「えっ、い、いや……」

「それではこれで、俺は帰る……ああ、もう一つ渡す物があったんだ。危うく忘れるところだった。これは俺の知り合いの爺さんが作った代物でね。縁起がよさそうな物だから猫三十郎と共に置いていくよ。ほれ」

「へ、へい」

鬼男の勢いに押され、虎太は風呂敷包みを受け取ってしまった。仕方がないので結び目を解いて開けてみる。

「こ、これは……」

「爺さんによると、それは鶴の置物だそうだ。そうなるとめでたいよな」

「い、いや……」

とても鶴には見えない。まるで絞められる寸前の鴨だ。しかも、脚が三本ある。亀戸で会った、源六爺さんの顔が頭に浮かんだ。間違いない。これは源六爺さんが作った鶴の彫物だ。

「人から貰った物は大事にするんだぜ。そうすればきっといいことがある……かもしれない。それじゃあ、俺は本当に帰るから」

「あ、ちょっと待って、魚屋さん。厳つい顔の、通りすがりの魚屋さんっ」

「あばよ」

虎太の叫びも虚《むな》しく、部屋の戸があっさりと閉められた。

作り手が鶴と呼ぶ、得体の知れない鳥の彫物を持って、虎太は呆然《ぼうぜん》と立ち尽くした。

いつの間にか箱から這い出していた猫三十郎が虎太の足下に寄ってきた。それを見た忠も近づいてくる。

二匹の子猫は、初めのうちは恐る恐る互いの臭いを嗅《か》ぎ合ったりしていたが、やがてじゃれ合い始めた。あっという間に仲よくなったようだ。上になったり下になったりしながら転げ回っている。

しかし虎太は、そんな可愛らしい子猫の様子にまったく気づくことなく、ただただ呆然と立ち尽くしていた。

主な参考文献

『近世風俗志（守貞謾稿）（一）～（五）』喜田川守貞著　宇佐美英機校訂／岩波文庫
『実見 江戸の暮らし』石川英輔著／講談社
『江戸の食空間　屋台から日本料理へ』大久保洋子著／講談社学術文庫
『江戸食べもの誌』興津要著／河出文庫
『たべもの江戸史』永山久夫著／旺文社文庫
『江戸たべもの歳時記』浜田義一郎著／中公文庫
『江戸グルメ誕生　時代考証で見る江戸の味』山田順子著／講談社
『嘉永・慶応　江戸切絵図』人文社

あとがき

本書は、「怖い話をする」もしくは「幽霊が出たという場所に泊まり込む」と飯が無代《ただ》になるという一膳飯屋《いちぜんめしや》の常連客である若者が遭遇する恐怖を描く、「怪談飯屋古《ふる》狸《だぬき》」シリーズの二作目であります。

幽霊が出てくる物語ですので、その手の話が苦手だという方はご注意ください。

さて、この『祟《たた》り神』は、御神木《ごしんぼく》として祀《まつ》られている木《き》を伐り倒したことから起こる祟りが中心になっています。そこでこのあとがきのために、私、輪渡颯介《わたりそうすけ》は自分の身の回りにある祟りについて考えてみたのですが……ないですね、そんなもの。

話を変えます。シリーズ一作目のあとがきで、輪渡は新しい物語を書き始める時の構想の練り方や登場人物の設定をどうするか、といった話を書きました。そこで今回はシリーズ全体ではなく、個々の物語をどう作り上げているのか、ということを書いてみようかと思います。本一冊分の構想の練り方です。

まず取っ掛かりの部分、物語を考え出す初めのきっかけみたいなものから言いますと、これはバラバラです。先にオチを考えて、そこから逆算していくこともあります し、一つのセリフから広げていく場合もあります。書きたい怪異があって、そこから他の怪異へと繋《つな》いで全体を整えていくというのも多いです。だいたいこの三つが複合的に合わさって、一冊分の物語が作り上げられていくという感じでしょうか。

　さて、ここからはこの『祟り神』を例に取って述べていきたいと思います。ネタバレを存分に含んでいますので、先にこのあとがきから読んでいるという方はお気をつけください。

　この『祟り神』は、伐り倒した御神木の祟りの話を書こう、というところから構想を始めています。そうすると次に考えるのは、その祟りの終結はどうするか、になります。木をすべて燃やしてしまうとか、神主さんのような人にお祓《はら》いをしてもらうとか、いろいろとパターンは考えられるでしょう。

　輪渡の場合は、木彫りの置物を作るのが好きな、欲のない人物を出して終結を図りました。実はですね……この人、輪渡の別シリーズに出てくる登場人物なのです。まあ、ゲスト出演とでも言いましょうか。「古道具屋　皆塵堂《かいじんどう》」シリーズというのですが。

　違うシリーズなのだから本書で新たに作り出してもよかったのです。しかし、どうせ似通った人物になるのなら、いっそのこと出張してもらった方が潔いだろうと考えて流用させていただきました。

もちろん、そちらのシリーズを知らなくても平気なように書いていますのでご安心ください。そもそも、この源六爺《げんろくじい》さんなる人物は、皆塵堂シリーズの読者様でもさほど印象に残っていないような気がします。

そうして中心になる怪異とその終わり方が決まったら、あとは物語全体のオチをどうするか、を考えねばなりません。そのために本書には、皆塵堂シリーズからもう一人、出張《でば》ってきてもらいました。

通りすがりの魚屋、として出てくる人物なのですが、この男に関しては誤算のようなものがございました。別シリーズの者なのだから遠慮がちに「ちょろっと」だけ出す予定だったのです。ところがやたら喋《しゃべ》るわ暴れるわ、で当初の腹積もりより随分《ずいぶん》と目立ってしまいました。本当に単なるオチ要員として出すだけのつもりだったんですけどね……。

ただ、こちらも皆塵堂シリーズを知らなくても大丈夫なように書いていますので、本書しか知らない、あるいはこの怪談飯屋シリーズしか読んでいないという方も気になさる必要はありません。この通りすがりの魚屋なる男は、良く言えば裏表がない、悪く言えば底の浅い人物ですから、深く考えることはないのです。本書で書かれている、そのままの人間です。

こういう感じでオチまで決まったわけですが、まだそれで終わりではありません。この怪談飯屋シリーズは次の三冊目で完結になります。そうすると、飯屋で怪談を集める目的である、古狸一家の父親の亀八《かめはち》の行方《ゆくえ》を次巻で解決しなければなりません。そこに繋がるような事柄も本書の中に混ぜ込んでいます。

ということで一冊分の構想が終わりましたが、実際に書き終えてから考えてみると、通りすがりの魚屋に振り回された一冊だったな、というのが輪渡の感想です。しかしそれは猫オチに持っていくためでしたので、猫に振り回されたと言っても過言ではない。そう考えると仕方がないのではあるまいか……。

つまり前回に引き続き、今回のあとがきも「猫かわいい」ということで終わらせていただきます。

本書は二〇二〇年二月に小社より刊行されました。

|著者| 輪渡颯介　1972年、東京都生まれ。明治大学卒業。2008年に『掘割で笑う女 浪人左門あやかし指南』で第38回メフィスト賞を受賞し、デビュー。怪談と絡めた時代ミステリーを独特のユーモアを交えて描く。「古道具屋 皆塵堂」シリーズに続いて、「溝猫長屋 祠之怪」シリーズも人気に。本書は「怪談飯屋古狸」シリーズの第2作。他の著書に『ばけたま長屋』『悪霊じいちゃん風雲録』などがある。

崇《たた》り神《がみ》　怪談飯屋古狸《かいだんめしやふるだぬき》

輪渡颯介《わたりそうすけ》

講談社文庫
定価はカバーに
表示してあります

2023年1月17日第1刷発行

KODANSHA

発行者――鈴木章一
発行所――株式会社　講談社
東京都文京区音羽2-12-21　〒112-8001
電話　出版（03）5395-3510
　　　販売（03）5395-5817
　　　業務（03）5395-3615

デザイン―菊地信義
本文データ制作―講談社デジタル製作
印刷―――株式会社KPSプロダクツ
製本―――株式会社国宝社

Printed in Japan

ISBN978-4-06-529681-3

講談社文庫刊行の辞

二十一世紀の到来を目睫に望みながら、われわれはいま、人類史上かつて例を見ない巨大な転換期をむかえようとしている。

世界も、日本も、激動の予兆に対する期待とおののきを内に蔵して、未知の時代に歩み入ろうとしている。このときにあたり、創業の人野間清治の「ナショナル・エデュケイター」への志を現代に甦らせようと意図して、われわれはここに古今の文芸作品はいうまでもなく、ひろく人文・社会・自然の諸科学から東西の名著を網羅する、新しい綜合文庫の発刊を決意した。

激動の転換期はまた断絶の時代である。われわれは戦後二十五年間の出版文化のありかたへの深い反省をこめて、この断絶の時代にあえて人間的な持続を求めようとする。いたずらに浮薄な商業主義のあだ花を追い求めることなく、長期にわたって良書に生命をあたえようとつとめるところにしか、今後の出版文化の真の繁栄はあり得ないと信じるからである。

同時にわれわれはこの綜合文庫の刊行を通じて、人文・社会・自然の諸科学が、結局人間の学にほかならないことを立証しようと願っている。かつて知識とは、「汝自身を知る」ことにつきていた。現代社会の瑣末な情報の氾濫のなかから、力強い知識の源泉を掘り起し、技術文明のただなかに、生きた人間の姿を復活させること。それこそわれわれの切なる希求である。

われわれは権威に盲従せず、俗流に媚びることなく、渾然一体となって日本の「草の根」をかたちづくる若く新しい世代の人々に、心をこめてこの新しい綜合文庫をおくり届けたい。それは知識の泉であるとともに感受性のふるさとであり、もっとも有機的に組織され、社会に開かれた万人のための大学をめざしている。大方の支援と協力を衷心より切望してやまない。

一九七一年七月

野間省一

講談社文庫 最新刊

上田秀人 ほか
どうした、家康
人質から天下をとる多くの分かれ道。大河ドラマを観ながら楽しむ歴史短編アンソロジー。

潮谷験
時空犯
探偵の元に舞い込んだ奇妙な依頼。千回近くループする二〇一八年六月一日の謎を解け。

夕木春央
絞《こう》首《しゅ》商《しょう》會《かい》
分厚い世界に緻密なロジック。メフィスト賞受賞、気鋭ミステリ作家の鮮烈デビュー作。

横山光輝
山岡荘八・原作
漫画版 **徳川家康 1**
徳川幕府二百六十余年の礎を築いた家康の波乱の生涯。山岡荘八原作小説の漫画版、開幕！

輪渡颯介
祟《たた》り神
〈怪談飯屋古狸〉
怖い話が集まる一膳飯屋古狸。人一倍怖がりの虎太《とらた》が凶悪な蝦蟇蛙《がまがえる》の吉《きち》の正体を明かす!?

講談社タイガ
野﨑まど
タイタン
AIの発達で人類は労働を卒業した、はずだった。もしかすると人類最後のお仕事小説。

星 新一編 ショートショートの広場①〜⑨
本田靖春 不当逮捕
保阪正康 昭和史 七つの謎
堀江敏幸 熊の敷石
本格ミステリ作家クラブ編 ベスト本格ミステリ TOP5〈短編傑作選002〉
本格ミステリ作家クラブ編 ベスト本格ミステリ TOP5〈短編傑作選003〉
本格ミステリ作家クラブ編 ベスト本格ミステリ TOP5〈短編傑作選004〉
本格ミステリ作家クラブ選・編 本格王2019
本格ミステリ作家クラブ選・編 本格王2020
本格ミステリ作家クラブ選・編 本格王2021
本格ミステリ作家クラブ選・編 本格王2022
本多孝好 君の隣に
本多孝好 チェーン・ポイズン〈新装版〉
穂村 弘 整形前夜
穂村 弘 ぼくの短歌ノート
穂村 弘 野良猫を尊敬した日
堀川アサコ 幻想郵便局
堀川アサコ 幻想映画館
堀川アサコ 幻想日記店

堀川アサコ 幻想探偵社
堀川アサコ 幻想温泉郷
堀川アサコ 幻想短編集
堀川アサコ 幻想寝台車
堀川アサコ 幻想蒸気船
堀川アサコ 幻想商店街
堀川アサコ 幻想遊園地
堀川アサコ 魔法使ひ
本城雅人 境界〈横浜中華街・潜伏捜査〉
本城雅人 スカウト・デイズ
本城雅人 スカウト・バトル
本城雅人 嗤うエース
本城雅人 贅沢のススメ
本城雅人 誉れ高き勇敢なブルーよ
本城雅人 シューメーカーの足音
本城雅人 ミッドナイト・ジャーナル
本城雅人 紙の城
本城雅人 監督の問題
本城雅人 去り際のアーチ〈もう一打席!〉

本城雅人 時代
本城雅人 オールドタイムズ
堀川惠子 裁かれた命〈死刑囚から届いた手紙〉
堀川惠子 死刑の基準〈「永山裁判」が遺したもの〉
堀川惠子 永山則夫〈封印された鑑定記録〉
堀川惠子 教誨師
堀川惠子 戦禍に生きた演劇人たち〈演出家・八田元夫と「桜隊」の悲劇〉
堀川惠子・小笠原信之 チンチン電車と女学生〈1945年8月6日・ヒロシマ〉
誉田哲也 Qros《キュロス》の女
松本清張 草の陰刻
松本清張 黄色い風土
松本清張 黒い樹海
松本清張 ガラスの城
松本清張 殺人行おくのほそ道(上)(下)
松本清張 邪馬台国 清張通史①
松本清張 空白の世紀 清張通史②
松本清張 カミと青銅の迷路 清張通史③
松本清張 天皇と豪族 清張通史④
松本清張 壬申の乱 清張通史⑤

松岡圭祐　探偵の探偵Ⅲ
松岡圭祐　探偵の探偵Ⅳ
松岡圭祐　水鏡推理
松岡圭祐　水鏡推理Ⅱ〈インパクトファクター〉
松岡圭祐　水鏡推理Ⅲ〈パレイドリア・フェイス〉
松岡圭祐　水鏡推理Ⅳ〈アノマリー〉
松岡圭祐　水鏡推理Ⅴ〈ニュークリアフュージョン〉
松岡圭祐　水鏡推理Ⅵ〈クロノスタシス〉
松岡圭祐　探偵の鑑定Ⅰ
松岡圭祐　探偵の鑑定Ⅱ
松岡圭祐　万能鑑定士Qの最終巻〈ムンクの〈叫び〉〉
松岡圭祐　黄砂の籠城(上)(下)
松岡圭祐　シャーロック・ホームズ対伊藤博文
松岡圭祐　八月十五日に吹く風
松岡圭祐　生きている理由
松岡圭祐　黄砂の進撃
松岡圭祐　瑕《か》疵《し》借り
松原始　カラスの教科書
益田ミリ　五年前の忘れ物
益田ミリ　お茶の時間
マキタスポーツ　一億総ツッコミ時代〈決定版〉
丸山ゴンザレス　ダークツーリスト〈世界の混沌《カオス》を歩く〉
松田賢弥　したたか　総理大臣・菅義偉の野望と人生
真下みこと　#柚《ゆ》莉《り》愛《あ》とかくれんぼ
松野大介　インフォデミック〈コロナ情報氾濫〉
三島由紀夫　TBSヴィンテージクラシックス編　告白　三島由紀夫未公開インタビュー
三浦綾子　ひつじが丘
三浦綾子　岩に立つ
三浦綾子　あのポプラの上が空〈新装版〉
三浦明博　滅びのモノクローム
三浦明博　五郎丸の生涯
宮尾登美子　新装版　天璋院篤姫(上)(下)
宮尾登美子　新装版　一絃の琴
宮尾登美子　東福門院和子《まさこ》の涙(上)(下)〈レジェンド歴史時代小説〉
皆川博子　クロコダイル路地
宮本輝　骸骨ビルの庭(上)(下)
宮本輝　新装版　二十歳《はたち》の火影《ほかげ》
宮本輝　新装版　命の器
宮本輝　新装版　避暑地の猫
宮本輝　新装版　ここに地終わり　海始まる(上)(下)
宮本輝　新装版　花の降る午後(上)(下)
宮本輝　新装版　オレンジの壺(上)(下)
宮本輝　にぎやかな天地(上)(下)
宮本輝　新装版　朝の歓び(上)(下)
宮城谷昌光　夏姫春秋(上)(下)
宮城谷昌光　花の歳月
宮城谷昌光　重《ちょう》耳《じ》(全三冊)
宮城谷昌光　介《かい》子《し》推《すい》
宮城谷昌光　孟嘗君　全五冊
宮城谷昌光　子産(上)(下)
宮城谷昌光　湖底の城〈呉越春秋〉一
宮城谷昌光　湖底の城〈呉越春秋〉二
宮城谷昌光　湖底の城〈呉越春秋〉三
宮城谷昌光　湖底の城〈呉越春秋〉四
宮城谷昌光　湖底の城〈呉越春秋〉五
宮城谷昌光　湖底の城〈呉越春秋〉六
宮城谷昌光　湖底の城〈呉越春秋〉七

宮城谷昌光　湖底の城〈呉越春秋〉八
宮城谷昌光　湖底の城〈呉越春秋〉九
宮城谷昌光　俠骨記〈新装版〉
水木しげる　コミック昭和史1〈関東大震災～満州事変〉
水木しげる　コミック昭和史2〈満州事変～日中全面戦争〉
水木しげる　コミック昭和史3〈日中全面戦争～太平洋戦争開始〉
水木しげる　コミック昭和史4〈太平洋戦争前半〉
水木しげる　コミック昭和史5〈太平洋戦争後半〉
水木しげる　コミック昭和史6〈終戦から朝鮮戦争〉
水木しげる　コミック昭和史7〈講和から復興〉
水木しげる　コミック昭和史8〈高度成長以降〉
水木しげる　敗走記
水木しげる　白い旗
水木しげる　姑《クー》娘《ニャン》
水木しげる　決定版 日本妖怪大全〈妖怪・あの世・神様〉
水木しげる　ほんまにオレはアホやろか
水木しげる　総員玉砕せよ！〈新装完全版〉
宮部みゆき　新装版 震える岩〈霊験お初捕物控〉
宮部みゆき　新装版 天狗風〈霊験お初捕物控〉

宮部みゆき　ICO《イコ》―霧の城―(上)(下)
宮部みゆき　ぼんくら(上)(下)
宮部みゆき　新装版 日暮らし(上)(下)
宮部みゆき　おまえさん(上)(下)
宮部みゆき　小暮写眞館(上)(下)
宮部みゆき　ステップファザー・ステップ〈新装版〉
宮子あずさ　看護婦が見つめた人間が死ぬということ
宮本昌孝　家康、死す(上)(下)
三津田信三　忌《い》館《かん》〈ホラー作家の棲む家〉
三津田信三　作者不詳〈ミステリ作家の読む本〉(上)(下)
三津田信三　蛇《じゃ》棺《かん》葬《そう》
三津田信三　百《ひゃく》蛇《じゃ》堂《どう》〈怪談作家の語る話〉
三津田信三　厭魅《まじもの》の如き憑くもの
三津田信三　凶鳥《まがとり》の如き忌むもの
三津田信三　首無《くびなし》の如き祟るもの
三津田信三　山魔《やまんま》の如き嗤《わら》うもの
三津田信三　水魑《みづち》の如き沈むもの
三津田信三　密室《ひめむろ》の如き籠《こも》るもの
三津田信三　生霊《いきだま》の如き重《だぶ》るもの

三津田信三　幽女《ゆうじょ》の如き怨むもの
三津田信三　碆霊《はえだま》の如き祀るもの
三津田信三　魔偶《まぐう》の如き齎《もたら》すもの
三津田信三　シェルター 終末の殺人
三津田信三　ついてくるもの
三津田信三　誰かの家
三津田信三　忌《い》物《ぶつ》堂《どう》鬼《き》談《だん》
道尾秀介　カラスの親指〈by rule of CROW's thumb〉
道尾秀介　カエルの小指〈a murder of crows〉
道尾秀介　水の柩
深《み》木《き》章《あき》子《こ》　鬼畜の家
湊かなえ　リバース
宮内悠介　彼女がエスパーだったころ
宮内悠介　偶然の聖地
宮乃崎《みやのさき》桜子《さくらこ》　綺《き》羅《ら》の皇女《ひめみこ》(1)
宮乃崎桜子　綺羅の皇女(2)
三國青葉　損料屋見鬼《けんき》控え 1
三國青葉　損料屋見鬼控え 2
三國青葉　損料屋見鬼控え 3

講談社文庫　目録

講談社文庫　目録

講談社文庫　目録

輪渡颯介　夢の猫　古道具屋　皆塵堂
輪渡颯介　呪い禍　古道具屋　皆塵堂
輪渡颯介　髪追い　古道具屋　皆塵堂
輪渡颯介　溝猫《どぶねこ》長屋　祠之怪《ほこらのかい》
輪渡颯介　優しき悪霊〈溝猫長屋　祠之怪〉
輪渡颯介　欺きの童《わらし》霊《れい》〈溝猫長屋　祠之怪〉
輪渡颯介　物の怪斬り〈溝猫長屋　祠之怪〉
輪渡颯介　別れの霊祠〈溝猫長屋　祠之怪〉
輪渡颯介　怪談飯屋古狸
綿矢りさ　ウォーク・イン・クローゼット
和久井清水《きよみ》　水際のメメント〈きたまち建築事務所のリフォームカルテ〉
和久井清水　かなりあ堂迷鳥草子《めいちょうぞうし》
若菜晃子　東京甘味食堂

2022年12月15日現在